dtv

Es ist schon spät, als Gynäkologin Charlotte Berger den Fahrstuhl des leeren Praxis- und Bürohauses ruft. Die Türen öffnen sich, und im Aufzug steht ein Fremder. Sie fahren ins Erdgeschoss, doch plötzlich bleibt der Fahrstuhl stecken. Charlotte ahnt nicht, dass der Mann ihn manipulieren kann. Und dass ihr die schrecklichsten Stunden ihres Lebens bevorstehen. – Seit Wochen schon ermittelt die Berner Kantonspolizei in einer Serie von rätselhaften Giftmorden, der Täter ist noch immer auf freiem Fuß …

*Peter Hänni,* 1958 in Bern geboren, ist Facharzt für Hals-, Nasen-, Ohrenkrankheiten und für Hals- und Gesichtschirurgie. Seit 2008 veröffentlicht er Kriminalromane. Peter Hänni lebt mit seiner Familie bei Solothurn.

Peter Hänni

# Samenspende

Kriminalroman

Deutscher Taschenbuch Verlag

**Ausführliche Informationen über unsere Autoren und Bücher finden Sie auf unserer Website**
**www.dtv.de**

MIX
Papier aus verantwortungsvollen Quellen
FSC® C019821

Ungekürzte Ausgabe 2012
Deutscher Taschenbuch Verlag GmbH & Co. KG, München

Umschlagkonzept: Balk & Brumshagen
Umschlaggestaltung: Wildes Blut, Atelier für Gestaltung, Stephanie Weischer unter Verwendung eines Fotos von plainpicture/Arcangel
Druck und Bindung: Druckerei C. H. Beck, Nördlingen
Gedruckt auf säurefreiem, chlorfrei gebleichtem Papier
Printed in Germany · ISBN 978-3-423-21352-3

# Freitag, 11. November 2005

Mit leiser Verwunderung und einem Anflug von Ärger nahm Charlotte Berger zur Kenntnis, dass der Aufzug an ihrer Etage vorbeirumpelte und weiter nach oben fuhr. Wenige Augenblicke später war der Glockenton dann doch zu hören, gedämpft zwar nur, aus einer der oberen Etagen. Das Fahrgeräusch verstummte. Charlotte Berger warf einen flüchtigen Blick auf ihre Armbanduhr. Es war kurz vor acht. Sie empfand es als höchst ungewöhnlich, dass sich abends um diese Zeit noch andere Personen im Gebäude aufhielten. Der Aufzug fuhr wieder los und bereits nach wenigen Sekunden ertönte der Glockenton zum zweiten Mal, diesmal auf ihrer Etage.

Aufreizend langsam und begleitet von einem hellen Quietschen öffnete sich die Schiebetür. Charlotte Berger war gespannt, wer dahinter zum Vorschein kommen würde. Eine Sekunde später gab die weichende Tür den Blick auf einen jungen, schlanken Mann frei. Er stand mit dem Rücken zur hinteren Kabinenwand und schaute sie ausdruckslos an.

Charlotte Berger kannte ihn nicht. Und sie stufte ihn sofort als höchst durchschnittlich und damit uninteressant ein. In jeder Hinsicht. Die beiden tauschten kurze, freudlos hingeraunzte Grussformeln aus, während sie mit zwei energischen Schritten die Kabine betrat. Der junge Mann machte Anstalten, ein wenig zurückzuweichen, aber die engen Platzverhältnisse liessen es nicht zu. Kaum hatte Charlotte Berger die Kabine betreten, kehrte sie ihm mit einer schwungvollen Drehung den Rücken zu und drückte die Türschliesstaste zu ihrer Linken. Die Anzeige «EG» für das Erdgeschoss leuchtete bereits, offensichtlich würden sie das Gebäude gemeinsam verlassen.

Mit einem leichten Ruck setzte sich der Aufzug in Bewegung und holperte gemächlich abwärts. Beide Augenpaare richteten sich auf die Stockwerkanzeige, die fortlaufend die Position der Kabine anzeigte.

Als der Aufzug ungebremst weiterfuhr, obwohl das Erdgeschoss angekündigt wurde, schwenkte Charlotte Berger ihren Blick auf die «EG»-Taste, um sich zu vergewissern, dass diese leuchtete. Dann wandte sie sich dem jungen Mann zu, der auf ihren fragenden Blick nur mit einem Schulterzucken reagierte.

Mit unverminderter Geschwindigkeit fuhr der Aufzug auch an den Etagen «U1» und «U2» vorbei. Die Anzeige hatte bereits auf «U3» gewechselt, als die Kabine abrupt stehen blieb. Die Kabinenbeleuchtung flackerte kurz – dann wurde es dunkel.

Sekundenlang blieb es still. Charlotte Berger hörte nur die ruhigen Atemzüge ihres Mitpassagiers, während sie selbst die Luft anhielt. Sie fürchtete, der Lift könnte sich unkontrolliert in Bewegung setzen und nach unten stürzen.

Aber die Kabine bewegte sich keinen Millimeter.

«Was soll das?», fragte sie in die Dunkelheit.

«Ich fürchte, wir sind stecken geblieben», antwortete der junge Mann.

«Ach, tatsächlich?» Sie tastete nach den Liftknöpfen und begann wahllos darauf herumzudrücken. «Verdammt noch mal», gab sie gepresst von sich, als sie realisierte, dass ihre Bemühungen nichts fruchteten. «Sie haben nicht zufällig ein Feuerzeug dabei?»

«Sie wollen rauchen?»

«Nein, natürlich nicht», antwortete sie gereizt, «aber ich hätte gerne Licht.»

«Nein.»

«Was nein?»

«Nein, ich habe kein Feuerzeug dabei.»

Charlotte Berger verdrehte die Augen und fragte sich, warum sie ausgerechnet mit einem solchen Trottel in diese Lage geraten musste. Sie griff in ihre Handtasche und kramte nach dem Handy. «Kein Empfang», stand auf dem Display, aber immerhin spendete der kleine Bildschirm gerade so viel Licht, dass sie die Beschriftung der Tasten lesen konnte. Sie entdeckte eine rote Alarmtaste, die sie sofort drückte. Doch nichts geschah. Sie drückte immer und immer wieder – vergeblich.

«Wenn sie funktioniert, reicht es wohl, wenn man sie zwei oder drei Mal betätigt», sagte der junge Mann leise. «Wenn nicht, nützt es wahrscheinlich wenig, immer wieder daraufzudrücken.»

«Haben Sie eine bessere Idee? Ich möchte hier nämlich nicht stundenlang rumhängen. Haben Sie ein Handy?»

Es war wieder stockdunkel. Er antwortete nicht, aber Sekunden später erleuchtete ein schwacher Schimmer sein Gesicht. «Kein Empfang», sagte er und verstaute das Gerät in der Hosentasche. «Kein Wunder, wir stecken irgendwo zwischen dem zweiten und dem dritten Untergeschoss.»

Charlotte Berger seufzte tief. «Was also sollen wir tun? Wir können ja nicht einfach untätig herumstehen und warten.»

«Ich fürchte, uns bleibt nichts anderes übrig. Irgendwann wird man uns schon rausholen …»

«Irgendwann? Sie sind gut! Ich bin verabredet …»

«… Spätestens am Montag!»

Charlotte Berger verstummte augenblicklich. Schlagartig wurde ihr bewusst, dass es Freitagabend war und dass sie sich an einem Ort befanden, wo es ausschliesslich Praxis- und Büroräume gab. Sie selbst war an Wochenenden schon oft hier gewesen – aber selten war sie jemandem begegnet.

«Mein Gott!», stöhnte sie, «das darf doch nicht wahr sein!» Wie verrückt begann sie mit den Fäusten an die Kabinenwand zu hämmern und aus Leibeskräften um Hilfe zu schreien. Der junge Mann setzte sich derweil auf den Boden und liess sie gewähren. Nach einer Viertelstunde beruhigte sie sich langsam wieder.

«Warum setzen Sie sich nicht einfach hin und entspannen sich? Vielleicht ist ja schon Hilfe unterwegs?»

«Ich will mich nicht hinsetzen», trotzte sie mit heiserer Stimme, «ich will verdammt noch mal hier raus!»

Zwei Stunden später – sie hatte sich in der Zwischenzeit doch hingesetzt – befanden sich die beiden noch immer in ihrer ungemütlichen Lage. Obwohl Charlotte Berger noch mehrmals versucht hatte, sich lautstark bemerkbar zu machen, war von Hilfe keine Spur. Die Enge und vor allem auch die Dunkelheit setzten ihr zu. Zudem war es in der Kabine heiss und stickig geworden. Sie schwitzte stark, hatte einen völlig ausgetrockneten Mund – und zunehmend das Bedürfnis, ihre Blase zu entleeren.

Die meiste Zeit war sie mit sich selbst beschäftigt, musste gegen aufkommende Panikattacken ankämpfen, aber zwischendurch realisierte sie, mit welch unglaublicher Ruhe der junge Mann die Misere ertrug.

«Sind Sie eigentlich eingeschlafen?», fragte sie in die Dunkelheit, nachdem ihr Schicksalsgenosse eine Ewigkeit geschwiegen hatte.

«Keineswegs. Ich bin hellwach!», antwortete der, in fast schon vergnüglichem Ton, wie sie fand.

«Macht Ihnen das Ganze eigentlich überhaupt nichts aus?»

«Was denn?»

«Na das hier! Eingesperrt in einer engen, stockfinsteren Liftkabine … Hitze … Durst … keine Ahnung zu haben, wie lange es noch dauert …»

Sie hörte ihn tief durchatmen. «Nein, bis jetzt geht es mir bestens, allerdings …»

«Allerdings was?», stupste sie ihn an, da er keine Anstalten machte, seinen Satz zu vollenden.

«Nun, ich bin es gewohnt.»

Charlotte Berger richtete sich auf, und wenn der andere sie hätte sehen können, hätte er ihren überraschten Gesichtsausdruck bemerkt.

«Sie sind schon öfters in Aufzügen stecken geblieben?»

«Das nicht gerade … aber ich war schon oft in dunklen Räumen eingesperrt … hatte Durst … und wusste nicht, wie lange es noch dauert.»

Charlotte Berger blieb stumm.

«Das überrascht Sie wohl?», fragte er nach einer Weile.

Sie antwortete nicht. Irgendwie war ihr der Kerl, den sie zuerst nur als einfältig eingestuft hatte, unheimlich.

«Aber Sie scheinen sich ja langsam auch ganz gut mit unserer Situation abzufinden», stellte er sachlich fest.

«Quatsch! Ich finde mich überhaupt nicht ab. Wenn ich mir vorstelle, dass das hier noch fünfzig bis sechzig Stunden dauern könnte …»

«Tja, eine lange Zeit! Knappe drei Tage … kann man in dieser Zeit eigentlich verdursten? Was meinen Sie? Sie sind doch Ärztin!»

Charlotte Berger zuckte zusammen. «Sie kennen mich?», fragte sie vorsichtig.

«Frau Doktor Charlotte Berger. Sie haben Ihre Praxis hier im Haus … Und? Besteht die Gefahr, dass wir verdursten?»

«Ich denke nicht … ein gesunder Mensch sollte das aushalten können … knapp. Allerdings ist es sehr heiss hier … wir verlieren viel Flüssigkeit … mein Gott! Wir dürfen nicht zu viel schwitzen!» Sie fühlte wieder Panik aufkommen. Im Schutz der Dunkelheit knöpfte sie ihre Bluse auf, zog sie aus und fächerte sich damit Luft zu. Dann, immer noch am Boden sitzend, zog sie ihren Rock hoch und begann auch die Strümpfe auszuziehen. Genau in dem Moment, als sie diese über ihre Knöchel rollte, blendete sie plötzlich ein Lichtstrahl. Reflexartig schloss sie die Augen, zog die Knie an und bedeckte ihren Oberkörper mit der Bluse. Sie realisierte sofort, dass das Licht nicht von der Kabinendecke kam, sondern aus der Ecke, wo ihr Schicksalsgenosse sass.

«Ups», hörte sie ihn sagen, offenbar überrascht vom Bild, dass sich ihm bot. Aber das Licht blieb auf sie gerichtet wie der Scheinwerfer auf die Sopranistin. Sie hob schützend eine Hand und versuchte die Augen zu öffnen, doch ausser einem Blinzeln brachte sie nichts zustande.

«Was soll der Unsinn, zum Teufel noch mal! Schalten Sie sofort dieses Licht aus!»

Mit einigen Sekunden Verzögerung wurde es wieder dunkel.

«Stellen Sie sich nicht so an», entgegnete er belustigt, «ich dachte, Sie würden sich freuen!»

«Erstens hätten Sie mich vorwarnen können und zweitens … wieso haben Sie die Lampe nicht schon vor Stunden eingeschaltet?» Während sie sprach, schlüpfte sie hastig in ihre Bluse, zog den hochgeschobenen Jupe wieder runter und entledigte sich vollends ihrer Strümpfe.

«Mir ist eben erst eingefallen, dass ich sie bei mir habe», rechtfertigte er sich, doch aus seinem Tonfall schloss sie, dass er nicht meinte, was er sagte. Aber sie schwieg. Was war bloss los mit dem Kerl?

Die nächste halbe Stunde wurde in der Kabine kein Wort gesprochen – und auch kein Licht eingeschaltet. Charlotte Bergers Durst wurde immer grösser, Schweisstropfen rannen über ihr Gesicht und die Seidenbluse klebte mittlerweile wie eine zweite Haut an ihrem Körper. Aber es war nicht nur die Hitze, die ihr das Wasser aus den Poren trieb, sondern auch das zunehmend quälende Bedürfnis, zur Toilette zu gehen. Sie versuchte den Drang ein wenig zu lindern, indem sie ständig ihr Becken vor und zurück bewegte, aber bald würde auch das nicht mehr helfen. Was dann? Sie wagte gar nicht daran zu denken.

«Ich werde jetzt wieder meine Taschenlampe einschalten», brach der Mann schliesslich das Schweigen. «Sind Sie angezogen?»

«Ja. Aber wenn Sie mir vielleicht nicht direkt ins Gesicht leuchten würden …»

Er schaltete die Lampe ein, und diesmal richtete er den Lichtkegel auf sein Gesicht. Von unten her, sodass die Konturen eigenartige Schatten warfen und sein Antlitz wie eine Fratze aussehen liessen.

«Besser so?»

«Viel besser», grunzte Charlotte Berger und rollte mit den Augen.

«Gut!» Er leuchtete auf seine Armbanduhr. «Es ist jetzt Viertel nach elf. Wenn man uns bis jetzt nicht rausgeholt hat, wird das wahrscheinlich heute nichts mehr. Frühestens morgen – wenn wir Glück haben.»

Charlotte Berger hatte den Eindruck, dass sein Ton mit einem Mal verbindlicher und entschlossener war.

«Geben Sie mir bitte mal Ihr Handy?», fragte er.

«Wozu?»

«Ich möchte mich davon überzeugen, dass wir wirklich keinen Empfang haben. Ich verstehe ein bisschen was von diesen Dingern.»

Sie gab ihm das Telefon. Er drehte es um, öffnete das Fach an der Rückseite, nahm den Akku heraus und verstaute ihn in seiner Hosentasche. Das Handy warf er Charlotte Berger zu.

«Was erlauben Sie sich? Sind Sie verrückt? Geben Sie mir sofort den Akku zurück!»

«Sie halten jetzt mal den Mund, Frau Doktor», zischte er leise und blendete sie mit der Lampe. Dann schwenkte er den Lichtstrahl aus ihrem verdatterten Gesicht und sie beobachtete reglos, wie er ein Gerät aus seinem Rucksack holte, das aussah wie die Fernbedienung eines Fernsehers. Er drückte eine Taste, worauf die Deckenbeleuchtung der Liftkabine aufflackerte. Dann eine zweite Taste: Der Lift setzte sich in Bewegung und fuhr nach oben. Charlotte Berger war fassungslos. Ihr Blick wanderte zwischen der Stockwerkanzeige und dem jungen Kerl hin und her. Als der Lift am Erdgeschoss vorbeifuhr, überkam sie eine tiefe Verzweiflung.

«Halten Sie an!», kreischte sie und versuchte, ihm die Fernbedienung zu entreissen.

Er schlug ihr die Faust mitten ins Gesicht. Mit einem Aufschrei knallte sie rückwärts gegen die Kabinenwand, wo sie wimmernd zusammensank und mit blutender Nase sitzen blieb. Unter ihrem Gesäss bildete sich eine langsam grösser werdende, durchsichtige Pfütze.

# Juli 2005

Das Unwetter entlud sich direkt über dem Dorfplatz, wo die riesige, einem Zirkus ähnelnde Zeltkonstruktion stand. Sintflutartiger Regen prasselte nieder, schlug hart auf die Dachplane und setzte die darunter versammelten Konzertbesucher einem akustischen Trommelfeuer aus. In das ohrenbetäubende Stakkato des Niederschlages mischten sich krachende Donnerschläge, die von den schwarz verhangenen Bergen zurückgeworfen und verstärkt wurden.

An ein Weiterführen des Konzerts war unter diesen Umständen nicht zu denken. Die knapp zweihundert Besucher drängten sich in der Mitte des Zelts zusammen, um sich vor den Wassermassen zu schützen, die über die Ränder des Daches herunterschossen und am Boden aufspritzten. Die Musiker der Hot Thin Roof Jazz Band hatten ihre Instrumente irgendwo im Trockenen deponiert, einige von ihnen hatten sich unter das Publikum gemischt – man konnte sie gut an ihren rotweiss gestreiften Jacken erkennen.

Es war der 12. Juli 2005. Der fünfte Tag der traditionellen Jazz Tage Lenk. Bisher war der Anlass in der kleinen Berggemeinde im Berner Oberland von schlechtem Wetter verschont geblieben. Im Gegenteil: Die Musiker und das Publikum hatten unter der schwülen Hitze gelitten. Doch jetzt hatte es merklich abgekühlt und einige Konzertbesucher schienen in ihrer leichten Sommerbekleidung sogar zu frösteln.

Lena Kramer stand einige Meter abseits des Zelts, unter dem Balkonvorsprung eines Juweliergeschäfts, das einen Teil des Dorfplatzes säumte. Mit wohligem Schauer beobachtete sie die Szene. Sie liebte Gewitter – überhaupt Naturereignisse jeglicher Art. Je heftiger, desto besser! Das laute Geräusch des Platzregens übte eine beruhigende, fast hypnotische Wirkung auf sie aus. Minutenlang stand sie reglos da, genoss den unverwechselbar würzigen Geruch der frischen Gewitterluft, atmete immer wieder tief durch und hoffte, dass das faszinierende Schauspiel noch lange nicht zu Ende sein würde.

Plötzlich bemerkte sie, dass im Pulk der unter dem Zelt versammelten Konzertbesucher Unruhe aufkam. Hören konnte sie nichts wegen des alles übertönenden Naturspektakels, aber sie sah ein paar heftig gestikulierende Männer, die mitten in der Menge einen kleinen Kreis bildeten und versuchten, die in ihrer unmittelbaren Nähe stehenden Menschen zurückzudrängen. Konkreteres konnte sie nicht erkennen, aber die Leute schienen zögerlich einen kleinen Hof um die herumfuchtelnden Männer zu bilden. Einen dieser Männer kannte sie: Georg König, ein Mitglied der Band. Der weisshaarige Schlaks überragte die um ihn versammelten Personen um Haupteslänge. Er war gerade im Begriff, seine gestreifte Jacke auszuziehen, dann bückte er sich und verschwand aus Lena Kramers Blickfeld. Sekunden später stand er wieder aufrecht da und suchte mit ruckartigen Kopfbewegungen die Umgebung ab wie ein Habicht, der nach Beute Ausschau hält. Bereits nach wenigen Augenblicken schien er sein Ziel erspäht zu haben, jedenfalls begann er sich einen Weg durch die dicht gedrängte Menge zu bahnen, indem er die Leute mit seinen langen Armen rücksichtslos zur Seite schaufelte. Als er sich aus dem Pulk befreit hatte, rannte er mit ungelenken Bewegungen zum Stand des Organisationskomitees. Lena Kramer konnte erkennen, dass König einem der Organisatoren etwas ins Ohr schrie und gleichzeitig hinter sich auf die Menschenmenge zeigte. Der Mann am Stand nickte kurz, griff nach seinem Handy und verliess eilig das Gelände.

Bis der Krankenwagen eintraf, dauerte es fünfzehn Minuten. Weitere zehn Minuten später fuhr er wieder los, mit Blaulicht und Sirene. Sie hatten Robert Kramer abgeholt, den Klarinettisten. Lena Kramers Mann. Die Organisatoren machten eine Durchsage und teilten dem Publikum mit, dass Robbie «Magic» Kramer einen Schwächeanfall erlitten habe und auf dem Weg ins Regionalspital Zweisimmen sei. Vor seinem Abtransport habe er ausdrücklich gewünscht, dass das Konzert auch ohne ihn fortgesetzt werde, sobald das Gewitter nachlasse – und in der Zwischenzeit hatte es nachgelassen: Der Regen war deutlich schwächer geworden, Blitz und Donner waren weitergezogen und nur noch aus der Ferne wahrnehmbar.

Langsam begaben sich die Besucher wieder an ihre Plätze. Die Reihen hatten sich ein wenig gelichtet. Nach und nach betraten die Musiker wieder die Bühne. Georg König, von Kennern der Szene «King George» genannt, griff umständlich nach dem Mikrofon und verkündete mit belegter und leicht zittriger Stimme, dass man Robbie «Magic» Kramer gute Besserung wünsche. Man werde versuchen, das Konzert auch ohne dessen unnachahmliche Klarinette über die Runden zu bringen. Nach den unbeholfenen Worten blieb es einen Moment lang still, dann setzte verhaltener Applaus ein. Augenblicke später begann die Band zu spielen.

Während sich seine Kumpels in der Lenk so richtig ins Zeug legten, begann Robbie «Magic» Kramer im Spital Zweisimmen um sein Leben zu kämpfen. Der vermeintlich banale «Schwächeanfall» hatte sich in dramatischer Weise zu einer bedrohlichen Krankheit entwickelt. Kramers Mund- und Rachenschleimhaut hatte sich blutig verfärbt und war stark angeschwollen, sodass er kaum noch atmen, geschweige denn sprechen konnte. Es war ihm auch nicht mehr möglich, den eigenen Speichel zu schlucken, weshalb er zu röcheln begann und immer wieder versuchte, das rötliche Sekret auszuspucken. Und dann diese vernichtenden Brust- und Bauchschmerzen!

Die Ärzte versuchten fieberhaft, das Fortschreiten seines Leidens zu verhindern oder zumindest zu verlangsamen, doch was immer sie ihrem Patienten an Medikamenten verabreichten, blieb wirkungslos – und sie hatten nicht die leiseste Ahnung, woran er erkrankt war. Robert Kramer musste unbedingt in eine Universitätsklinik verlegt werden – und zwar rasch!

Zur gleichen Zeit, als die Hot Thin Roof Jazz Band mit einer stehenden Ovation zu einer Zugabe aufgefordert wurde, hob ein Helikopter der Schweizerischen Rettungsflugwacht in Zweisimmen ab. Robert Kramer wurde ins Berner Inselspital überflogen, wo er zwei Tage später, am frühen Morgen des 14. Juli 2005, verstarb, ohne noch einmal das Bewusstsein erlangt zu haben.

Kramer war 52 Jahre alt geworden. Bis am Abend des 12. Juli war er ein kerngesunder Mann gewesen – zumindest hatte nach aussen hin nichts auf eine ernsthafte Erkrankung hingedeutet. Umso vernichtender traf sein Tod die Angehörigen, allen voran seine Frau Lena und die zwei Söhne, Robert junior und Roman.

Lena Kramer hatte ihren Mann im Krankenwagen nach Zweisimmen begleitet. Hilflos und mit zunehmender Verzweiflung war sie Zeugin des Unvermögens gewesen, durch welches sich die Ärzte in Zweisimmen und später auch im Inselspital ausgezeichnet hatten. Es musste Unvermögen gewesen sein, anders konnte sie sich den raschen und unaufhaltsamen Zerfall ihres Mannes nicht erklären. Heutzutage, so meinte sie, sei die Medizin doch derart fortgeschritten, dass gute Ärzte etwas hätten ausrichten können. Aber nicht jene von Robbie. Die hatten versagt! Und nicht genug damit: Kaum war ihr Mann für tot erklärt worden, hatte man ihr mitgeteilt, dass eine rechtsmedizinische Untersuchung inklusive Autopsie durchgeführt werden müsse. «Das kommt gar nicht in Frage!», hatte sie in ihrem ersten Schmerz geschrien, aber man hatte sie belehrt, dass sie sich nicht dagegen wehren könne. Nicht in diesem speziellen Fall.

Am nächsten Tag verkündeten die Todesanzeigen in den Berner Lokal- und Regionalzeitungen Robert Kramers Ableben. In einigen Blättern füllten die Inserate fast eine ganze Seite. Seine Familie, die Hot Thin Roof Jazz Band, die Hochschule der Künste Bern, die Swiss Jazz School, die Schulkommission Bern-Kirchenfeld, sie alle betrauerten den «viel zu frühen und unerwarteten Hinschied» Robert Kramers, «nach kurzer, schwerer Krankheit».

Im Lauf der folgenden Wochen erschien in der Presse noch der eine oder andere Nachruf. Nichts Spektakuläres, das Übliche eben. Und auf der Homepage der Hot Thin Roof Jazz Band hatte man zu Ehren des Verstorbenen eine Art Kondolenz- und Gästebuch eingerichtet. Zu Beginn waren die Einträge recht zahlreich gewesen, aber schon binnen einer Woche versiegten die Wortmeldungen. Robert Kramer schien – zumindest was die Welt des Internets betraf – rasch in Vergessenheit zu geraten.

Die Rechtsmediziner hatten wenig Zeit gebraucht, um herauszufinden, dass kein Behandlungsfehler vorlag. Im Gegenteil! Man hatte den verantwortlichen Ärzten sogar attestieren können, dass sie ausserordentlich umsichtig und sorgfältig mit dem Patienten und dessen Krankheit umgegangen seien und dass sie sämtliche Vorkehrungen getroffen hätten, um sein letztendlich unvermeidbares Schicksal abzuwenden. Allerdings – und darauf waren die verantwortlichen Rechtsmediziner keineswegs stolz – hatte man nach mehreren Wochen noch immer nicht herausgefunden, woran Kramer gestorben war. Abklärungen zum Nachweis einer allergischen Reaktion waren ebenso unergiebig ausgefallen wie jene, welche eine Infektion mit Bakterien, Viren, Pilzen oder Parasiten hätten aufdecken sollen. Auch die toxikologischen Untersuchungen, also die Fahndung nach irgendwelchen Giften, hatten nichts ergeben, obschon man nach zahllosen tödlichen Substanzen gesucht hatte: legale und illegale Drogen aller Art, Dutzende Medikamente, Insekten-, Unkraut- und Schädlingsbekämpfungsmittel, Lebensmittelgifte, Pilzgifte, tierische und pflanzliche Gifte, Schwermetalle – alles ohne Erfolg! Die Spezialisten waren sich zwar einig, dass die unmittelbare Todesursache eine massive Schädigung der Schleimhäute in den Atem- und Speisewegen gewesen war, gefolgt von einem Versagen sämtlicher lebenswichtiger Organe. Aber wie es dazu gekommen war, was der eigentliche Auslöser dieser Organschädigung gewesen war, blieb unklar.

# Oktober 2005

Der 24. Oktober war ein Tag, an dem in Bern die meisten Cabriolets mit heruntergeklapptem Verdeck unterwegs waren. Die Menschen liefen in T-Shirts, kurzärmeligen Hemden oder Blusen umher, in den Gartenanlagen der Stadt herrschte Hochbetrieb und die Eiscreme- und Getränkeverkäufer machten gute Umsätze. Ein föhniger, aber strahlend schöner Herbsttag – vielleicht der letzte in diesem Jahr.

Noch am späten Nachmittag herrschten sommerliche Temperaturen – aber drinnen, im grossen Saal, war es dunkel und kühl. Die heruntergelassenen Jalousien schotteten den Raum vom Tageslicht ab, die Saalbeleuchtung war heruntergedimmt und die Klimaanlage lief auf Hochtouren. Auf mehreren gleichmässig im Saal verteilten Monitoren verfolgten Gruppen junger Menschen aufmerksam die letzten Sequenzen eines Demonstrationsvideos. Einigen von ihnen war kalt, und ein stechender, die Nasenschleimhäute und bisweilen auch die Augen reizender Geruch lag in der Luft, sodass sie auch im Dunkeln jederzeit daran erinnert wurden, wo sie sich befanden: im Seziersaal des Instituts für Anatomie.

Am Ende der Demonstration wurde die Saalbeleuchtung hochgefahren, die Monitore erloschen, und eine emotionslose weibliche Lautsprecherstimme mit osteuropäischem Akzent forderte die Anwesenden auf, die Arbeitsplätze zu räumen und für den kommenden Tag herzurichten. Dumpfes Gemurmel schwoll an, während die Kursteilnehmer sich zögerlich zu den nummerierten Metalltischen begaben, auf denen die Quellen des eigentümlichen und beissenden Geruchs lagen: in Formalin konservierte Leichen – jeweils eine pro Tisch. Die leblosen, auf dem Bauch liegenden Körper waren halbwegs mit grünen Tüchern bedeckt. Nur die Rücken- und

Gesässpartien waren unverhüllt, sodass man die durch den Konservierungsprozess unnatürlich braungrau verfärbte Haut erkennen konnte – soweit sie noch vorhanden war.

Die Kursteilnehmer, Zweitjahresstudenten der Medizinischen Fakultät Bern, trugen weisse Schürzen und Latexhandschuhe. Keine Kopfbedeckungen und keinen Mundschutz, wie dies für Eingriffe an lebenden Menschen unabdingbar gewesen wäre. Kristina Brand war eine von ihnen. Sie stand am «Tisch 4» und betrachtete mit gerümpfter Nase die vor ihr liegende Leiche, an der sie mit ihrer Gruppe den ganzen Tag herumpräpariert hatte. Ihre Aufgabe hatte darin bestanden, in der rechten Gesässregion nach bestimmten Nerven, Gefässen und Muskeln zu suchen und diese vom umgebenden Fettgewebe zu befreien. Geplagt von Hemmungen und mit zittrigen Händen hatte sie am Morgen mit der Arbeit begonnen, aber im Lauf des Tages hatte sie sich immer sicherer gefühlt, war mutiger geworden und schliesslich auch recht gut vorangekommen. Jedenfalls hatte sie ihr Tages-Soll zur Zufriedenheit des Kursleiters erfüllt.

«Sieht doch aus wie im Anatomie-Atlas», stellte sie durch den Mund atmend und mit Blick auf ihr Tagwerk fest, während sie ihr Sezierbesteck reinigte und im dazugehörenden Holzkästchen verstaute.

Stunden später, kurz nach 23 Uhr, hatten die meisten Gäste das Restaurant Azzurro bereits verlassen. Lediglich im hinteren Teil des Lokals sass noch eine kleine Gruppe beisammen. Sieben Personen, in sehr ausgelassener Stimmung.

Kristina Brand und ihre Freundin Sandra Grossen, mit der sie zusammen studierte und seit zwei Jahren auch die Wohnung teilte, waren von einem Studienkollegen zu einer kleinen Geburtstagsfeier eingeladen worden. Um 19 Uhr hatte die Festgemeinschaft begonnen, sich durch ein mehrgängiges italienisches Menü zu schlemmen, zudem hatte man reichlich Rotwein konsumiert. Die Gespräche waren im Lauf des Abends immer lauter geworden, das Lachen immer fröhlicher, und viel hätte wohl nicht gefehlt, bis man angefangen hätte zu singen.

In der angeheiterten Stimmung war niemandem aufgefallen, dass Kristina während der letzten Viertelstunde zusehends stiller und bleicher geworden war. Sie, die sich zuvor wacker am Geschehen beteiligt und ihre Tischnachbarn mit amüsanten Anekdoten unterhalten hatte, sass mit angespanntem Oberkörper da und hielt sich krampfhaft an der Tischkante fest. Auf ihrer Stirn hatten sich kleine Schweissperlen gebildet.

«Ist dir nicht gut?», fragte endlich die Frau, die neben ihr sass, und legte besorgt die Hand auf ihren Arm.

Anstatt zu antworten begann Kristina zu hüsteln, griff in ihre Handtasche und holte eine kleine Spraydose hervor. Mit den Lippen umschloss sie das Mundstück dieser Dose und drückte auf den Auslöser, während sie gleichzeitig tief einatmete. Aber obschon sie mehrere Portionen des Sprays inhalierte, ging es ihr nicht besser. Im Gegenteil. Das Atmen fiel ihr zunehmend schwerer.

«Ich bin … Asthmatikerin …», gab sie keuchend von sich, «… aber … das ist … kein Asthmaanfall.»

In der Zwischenzeit hatten auch die anderen mitbekommen, dass mit ihrer Kollegin etwas nicht stimmte. Es war still geworden im Raum, und Kristina wurde mit besorgten Blicken eingedeckt. Sandra Grossen hatte ihren Platz verlassen, war um den Tisch geeilt und stand jetzt neben ihr.

«Um Himmels willen, Mädchen!», sagte sie leise und legte ihr den Arm um die Schulter. «Was ist los mit dir? Hast du Schmerzen?» Mit einem Griff an Kristinas Handgelenk stellte sie fest, dass ihr Puls raste. Dann wischte sie ihr mit einer Serviette das schweissnasse Gesicht ab und fühlte nach der Stirn. «Du glühst ja, Himmel noch mal! Willst du dich hinlegen?»

«Nein … nicht hinlegen …», keuchte Kristina. Sie strich sich mit der Hand über den Hals und die Brust. «Kann nicht atmen … brennt wie Feuer!»

Sandra blickte besorgt in die Runde und sah, dass Kristinas Tischnachbarin einige Meter abseits bei der Türe stand und auf ihrem Handy herumtippte. Sandra suchte den Augenkontakt zu ihr. Sekunden später erwiderte die Frau endlich ihren Blick. Lautlos und überdeutlich formulierten ihre Lippen das Wort «Notarzt». Sandra schloss kurz die Augen und nickte, zum Zeichen, dass sie verstanden hatte.

Das Notarztteam hatte Kristina unverzüglich mit einer Sauerstoffmaske versorgt, eine Infusion angelegt und ihr ein schmerzstillendes Medikament gespritzt. Nach ein paar weiteren routinemässigen Verrichtungen hatte man sie mit dem Krankenwagen abtransportiert.

Die Fahrt war sehr kurz gewesen. Das Berner Inselspital lag bloss wenige Meter vom Azzurro entfernt, quasi «um die Ecke». Kristina, die wegen ihrer Beschwerden kaum noch sprechen konnte, wurde sofort auf die Intensivstation verlegt, wo die diagnostische und therapeutische Maschinerie in Gang gesetzt wurde.

Sandra hatte Kristina begleitet und war dabei gewesen, als man ihre Freundin verkabelt und an die verschiedenen Geräte angeschlossen hatte. Jetzt, zehn Minuten nach Mitternacht, sass Sandra allein im Büro von Dr. Walter Ineichen, dem diensthabenden Oberarzt der Intensivstation. Ineichen, ein drahtiger, kleiner Mann mit dunkelbraunen, ruhigen Augen, hatte ihr viele Fragen gestellt, von denen sie einige nicht oder nur unvollständig hatte beantworten können. Wie und wann sich Kristinas Gesundheitszustand verschlechtert habe, zum Beispiel. Ob sie Allergien oder sonstige gesundheitliche Probleme habe, ob sie Medikamente einnehme, was sie tagsüber gemacht und – vor allem – was sie heute gegessen und getrunken habe. Sandra hatte zwar schildern können, wie sie die rasche Verschlechterung von Kristinas Gesundheitszustand erlebt hatte, und auch über den Tagesablauf und das Essen im Azzurro – sie hatten alle das gleiche Menü und den gleichen Wein vorgesetzt bekommen – hatte sie dem Intensivmediziner Auskunft geben können. Aber darüber hinaus war sie ihm keine grosse Hilfe gewesen.

«Sorgen Sie bitte dafür, dass ich möglichst rasch mit jemandem sprechen kann, der in der Lage ist, meine Fragen zu beantworten», hatte Ineichen ihr aufgetragen, bevor er wieder auf die Intensivstation geeilt war. «Rufen Sie ihre Angehörigen an, ihre Eltern wenn möglich. Sagen Sie ihnen, sie sollen herkommen – und sie sollen sich beeilen.»

Sandra raufte sich die Haare und seufzte tief, während sie Ineichens Telefon anstarrte. Zögernd streckte sie den Arm nach dem Hörer aus, hielt aber wieder inne. Stattdessen stand sie auf und tigerte Nägel kauend im Raum umher. Wie sollte sie Kristinas Mutter die Nachricht überbringen? Sie sah die zierliche Frau vor sich, wie sie schlaftrunken und nichts ahnend nach dem Hörer griff, in Erwartung eines späten Gutenachtgrusses ihres einzigen Kindes. Sandra hätte viel dafür gegeben, wenn jemand anderes den Anruf für sie übernommen hätte.

Vor dem Waschbecken blieb sie stehen. «Feigling», wurde sie von der erschöpft und blass wirkenden Frau im Wandspiegel beschimpft. Sie drehte den Kaltwasserhahn auf und vereinigte ihre Handflächen zu einer flachen Schüssel, in die sie den Wasserstrahl laufen liess. Dann bückte sie sich und tunkte ihr Gesicht mehrmals in die kalte Pfütze in ihren Händen, jedes Mal ein prustendes Geräusch von sich gebend. Mit zusammengekniffenen Augen richtete sie sich wieder auf, grapschte an der Unterseite des Wandspenders nach einem Papiertuch und trocknete sich das Gesicht ab. Die Frau im Spiegel hatte jetzt eine rosige Gesichtsfarbe und strich sich eine braune Haarsträhne aus der Stirn. Nach einem Blick auf die Armbanduhr griff sie zum zweiten Mal nach dem Telefonhörer.

Während sie dem Wählton lauschte, setzte sie sich langsam hin.

«Hallo?», tönte es leise aus dem Hörer.

«Frau Brand? … äh … ich bin's … Sandra.»

«Sandra? … Moment, ich muss schnell das Licht … so … was ist denn los?»

«Frau Brand, ich …»

«Wie spät ist es überhaupt?»

«Viertel nach zwölf. Tut mir leid, Frau Brand, aber …»

«Viertel nach zwölf? … Entschuldigen Sie, Sandra, aber ich bin heute früh zu Bett gegangen … habe eine Schlaftablette…»

«Frau Brand! Bitte hören Sie mir jetzt gut zu!»

Augenblicklich war es still in der Leitung. «Ist etwas mit Kristina?», fragte Brigitte Brand, jetzt plötzlich hellwach.

«Ja … leider … sie ist krank geworden. Wir mussten sie ins Spital einliefern.»

«Was? Wieso ins Spital?»

«Wir wissen noch nicht genau, was ihr fehlt … irgendwelche Probleme mit den Atemwegen.»

«Das Asthma?»

«Ich weiss nicht … wahrscheinlich nicht …»

«Kann ich mit ihr sprechen?»

Sandra zögerte. «Ich fürchte, das geht im Moment schlecht. Die Ärzte kümmern sich gerade um sie.»

«Das ist mir egal! Ich will sofort mit ihr sprechen!»

«Bitte, Frau Brand … es geht wirklich nicht. Sie ist auf der Intensivstation. Sie bekommt Sauerstoff und kann jetzt nicht reden.»

«Auf der Intensivstation?» Es folgte eine lange Pause, dann ein tiefer Seufzer. «Es ist also etwas Ernstes!»

Sandra fühlte sich nicht in der Lage, auf die mit viel Resignation geäusserte, der Wahrheit vermutlich ziemlich nahekommende Schlussfolgerung etwas zu erwidern. Gleichzeitig wurde ihr bewusst, dass sich ihr Schweigen nicht gerade beruhigend auf die Frau auswirken würde.

«Sie machen mir Angst», jammerte Kristinas Mutter plötzlich und begann zu weinen.

Sandra überkam eine grenzenlose Hilflosigkeit. Selten hatte sie sich so elend gefühlt, und erst nach einer unendlich langen Minute, erst nachdem Kristinas Mutter sich ein wenig beruhigt hatte, getraute sie sich weiterzusprechen. «Könnten Sie bitte herkommen? Ins Inselspital, meine ich. Die Ärzte wollen mit Ihnen reden.»

«Natürlich», sagte Brigitte Brand mit verschnupfter Stimme. «Ich mache mich sofort auf den Weg. Wo muss ich hin?»

«Zur Notfallpforte. Nehmen Sie ein Taxi? Oder kann Sie jemand fahren?»

«Ich fahre selber», sagte sie trotzig. «Es ist ja nicht weit. In einer halben Stunde bin ich da.»

«Gut! Übrigens: Hat Kristina irgendwelche Allergien?»

«Nein.»

«Und eigentlich ist sie doch gesund, oder?»

«Ja. Bis auf die gelegentlichen Asthmaanfälle. Aber die hatte sie mit dem Ventolin-Spray gut im Griff.»

«Sie nimmt ausser diesem Ventolin keine Medikamente?»

«Nur die Pille – vermute ich wenigstens. Aber das wissen Sie wahrscheinlich besser als ich.»

«Also … dann erwarte ich Sie an der Notfallpforte – und fahren Sie vorsichtig!»

Um 0 Uhr 55 stand Sandra Grossen mit Brigitte Brand vor dem Eingang zur Intensivstation und drückte die Taste für die Rufglocke. Nach etwa dreissig Sekunden öffnete ein Pfleger die Tür, verwehrte den beiden aber den Eintritt.

«Tut mir leid, aber Doktor Ineichen möchte zuerst mit Ihnen sprechen.» Er zeigte auf das Wartezimmer in einigen Metern Entfernung. «Wenn Sie vielleicht so lange Platz nehmen möchten? Er wird gleich kommen.»

Die beiden Frauen schauten sich kurz an, dann trotteten sie widerwillig in das Wartezimmer. Während Brigitte Brand sich hinsetzte, schlenderte Sandra zum Getränkeautomaten. Eigentlich hatte sie überhaupt kein Verlangen nach einer Erfrischung, aber die Nervosität zwang sie, irgendetwas zu tun. Lustlos studierte sie die Liste der Erfrischungen. Dann kramte sie in ihrer engen Jeans umständlich nach Kleingeld, förderte zuerst ein paar Kaugummipapierchen zu Tage und schliesslich eine Anzahl Münzen, die sie in den Geldschlitz warf. Sie drückte eine der Tasten, worauf der Automat begann, begleitet von den typischen Geräuschen, seine Arbeit zu verrichten.

Das Getränk war noch nicht fertig zubereitet, als Ineichen eintrat. Mit beunruhigend ernster Miene, wie Sandra fand.

«Würden Sie bitte mitkommen!» Sandra liess den Becher im Automaten stehen, und die Frauen folgten dem Arzt in dessen Büro. Ineichen forderte sie auf, Platz zu nehmen, bevor er sich an seinen Schreibtisch setzte. Er wandte sich zuerst an Brigitte Brand. «Ist es Ihnen recht, wenn Frau Grossen auch anwesend ist?»

«Ja, natürlich», sagte sie mit einem gequälten Lächeln in Richtung Sandra. «Ich bin froh, dass sie hier ist!»

«Gut. Dann will ich nicht lange um den heissen Brei herumreden.»

Kristinas Zustand hatte sich trotz aller Bemühungen verschlechtert. Sehr beunruhigend war die Tatsache, dass man immer noch nicht wusste, woran sie erkrankt war. «Wir mussten Ihre Tochter in ein künstliches Koma versetzen», führte Ineichen weiter aus. «Ihre Atemwege sind sehr in Mitleidenschaft gezogen. Die Schleimhäute, von der Nase bis hinunter zu den Bronchien, sind angeschwollen und so stark entzündet, dass sich eine diffuse Blutung eingestellt hat. Überdies hat sich im Lungengewebe ein Ödem gebildet, also eine Ansammlung von Wasser, wodurch die Atmung zusätzlich erschwert wird.»

Ineichens Worte waren, obschon ruhig und mitfühlend ausgesprochen, schonungslos offen und wirkten wie Peitschenhiebe. Sandra hörte mit zusammengekniffenen Augen zu und massierte sich die Schläfen, während Kristinas Mutter wie gelähmt auf der Vorderkante ihres Stuhls sass, mit geweiteten Augen, die Hände fest auf den Mund gepresst.

Dann begann Ineichen Fragen zu stellen. Die gleichen, die Sandra zuvor nicht hatte beantworten können. Aber auch Brigitte Brands Auskünfte waren nicht sehr ergiebig und für die Diagnosefindung wenig hilfreich – was Ineichen allerdings für sich behielt.

Einen Moment lang herrschte betretenes Schweigen.

«Kann ich jetzt zu ihr?», fragte Brigitte Brand schliesslich.

«Ja. Aber ich muss Sie darauf aufmerksam machen, dass Sie kein schöner Anblick erwartet. Vor allem das Blut …»

In der zweiten Hälfte der Nacht stabilisierte sich Kristinas Zustand. Trotzdem weigerte sich Brigitte Brand, nach Hause zu gehen oder sich im Spital kurz hinzulegen. Die ganze Nacht verbrachte sie an der Seite ihrer Tochter.

Sandra blieb auch im Spital, zog sich aber gegen vier Uhr morgens für ein paar Stunden zurück und legte sich auf eine Pritsche, die man ihr zur Verfügung gestellt hatte. Um sieben Uhr stand sie wieder auf und begab sich an Kristinas Krankenbett.

Nach einigem Zureden gelang es Sandra, die völlig übermüdete Mutter für einen Moment von ihrer Tochter wegzulocken und ins Panoramarestaurant im obersten Stock des Bettenhochhauses zu entführen.

Wenigstens was das Wetter betraf, schien es wieder ein schöner Tag zu werden, und eine Angestellte war gerade damit beschäftigt, die Dachterrasse für die ersten Besucher herzurichten.

«Drinnen oder draussen?», fragte Sandra.

Brigitte Brand schien unschlüssig. Apathisch schaute sie sich im Innern des Restaurants um, bis ihr Blick an zwei älteren Patienten hängen blieb, die es sich mitsamt ihren Infusionsständern und einem Stapel Tageszeitungen an einem der Tische bequem gemacht hatten. Bei einem von ihnen schaute am Unterrand des Morgenrocks ein prall gefüllter Urinbeutel hervor, die nackten Füsse des anderen steckten in blauen Badelatschen, die den Blick auf ein paar verpilzte Zehennägel freigaben.

«Gehen wir nach draussen», entschied Brigitte Brand und setzte sich in Bewegung.

Die Frauen betraten die Terrasse und Sandra sog die frische Morgenluft tief ein. Einen kurzen Moment lang genossen sie den aussergewöhnlichen Ausblick auf die Alpenkette, die, obschon sie fünfzig bis sechzig Kilometer entfernt war, zum Greifen nah schien.

«Kann ich Ihnen ein Frühstück holen?», fragte Sandra.

«Nein danke. Für mich nur Pfefferminztee.»

Nachdem Sandra den Tee und eine heisse Schokolade besorgt hatte, sassen sie eine Weile stumm da. Brigitte Brand sah furchtbar aus: vollkommen übernächtigt, mit zerzausten Haaren und geröteten Augen, die sie kaum noch offen halten konnte.

«Sie sollten sich ein paar Stunden Schlaf gönnen», schlug Sandra schliesslich vor. «Ich werde hier so lange die Stellung halten. Sie können sich ruhig Zeit lassen, ich habe heute nichts anderes vor.»

Zwei Minuten später betrat Ineichen mit ernster Miene die Terrasse und näherte sich zögerlich ihrem Tisch.

Brigitte Brand hatte soeben ihr einziges Kind verloren.

# November 2005

## 1

Privatdozent Dr. Beat Junker war seit 1997 am Berner Institut für Rechtsmedizin tätig, die letzten zwei Jahre als Leitender Arzt und Stellvertreter des Direktors. Er war nicht verheiratet. Nicht einmal «in festen Händen», wie man so schön zu sagen pflegt, obwohl es dem gross gewachsenen, sportlichen Mann nicht an «interessierten Händen» gemangelt hätte. Seine dunklen, halblangen, im Bereich der Schläfen von einem silbrig-grauen Schimmer durchzogenen Haare wirkten stets leicht zerzaust und verliehen ihm etwas Rebellisches. Und meistens trug er – trotz seines beruflichen Status und der 43 Jahre, die er doch schon auf dem Buckel hatte – jugendlich-lockere Freizeitkleidung. Auch bei der Arbeit: Heute, am 1. November, waren es verwaschene, halb zerschlissene Jeans und ein hellblaues T-Shirt mit der Aufschrift «beer hunter».

Junker hatte die ganze Nacht Pikettdienst geleistet. Einmal, kurz nach 23 Uhr, hatte er ausrücken müssen, weil sich in der Nähe des Hauptbahnhofs Biel eine junge Frau vor den Zug geworfen hatte. Der ortsansässige Notfallarzt war mit der im wahrsten Sinne des Wortes «unübersichtlichen» Situation heillos überfordert gewesen, weshalb man ihn, den Profi, beansprucht hatte.

Gegen zwei Uhr morgens war er ins Institut zurückgekehrt, und obwohl der Dienst danach ruhig verlaufen war, hatte er keinen Schlaf gefunden. Nicht wegen der Sache mit dem Zug; derartige Ereignisse konnte er mittlerweile recht schnell abhaken. Ein anderer Fall machte ihm mehr zu schaffen. Einer, der noch nicht gelöst war. Und genau genommen waren es sogar zwei Fälle.

Nachdem er sich eine halbe Stunde lang auf dem Bett des winzigen und karg eingerichteten Pikettzimmers herumgewälzt hatte, war er in sein Büro zurückgekehrt und hatte sich hinter den mit Chaos übersäten Schreibtisch gesetzt. Stundenlang hatte er Bücher gewälzt, in Akten gestöbert und den Computer nach Informationen befragt. Seit dem frühen Vormittag hatte er zahlreiche Telefongespräche geführt, hauptsächlich mit anderen Rechtsmedizinischen Instituten in der Schweiz und im Ausland. Er hatte nicht gefrühstückt, sich dafür mit Kaffee zugeschüttet, und abgesehen von ein paar Pinkelpausen, die das schwarze Gebräu ihm abgefordert hatte, hatte er ohne Unterbruch durchgearbeitet. Sein leerer Magen hatte schon vor geraumer Zeit begonnen, sich bemerkbar zu machen. Zunächst nur diskret in Form vereinzelter Geräusche, mittlerweile jedoch mit penetrantem Knurren auf sein Recht pochend.

Junker blickte auf die Uhr: halb zwölf. Er schob die Akten beiseite, tastete nach der Computermaus und führte das Gerät hektisch auf der Tischplatte herum, während er gebannt auf den Bildschirm starrte. Schliesslich lehnte er sich zurück und verschränkte die Hände hinter dem Kopf. Eine Minute lange sass er reglos da, das Lärmen seiner Eingeweide ignorierend, und starrte mit hochgezogenen Augenbrauen auf den Bildschirm.

«Hol mich der Teufel», presste er schliesslich zwischen den Zähnen hervor. «Das muss es sein!»

Professor Oechslin hatte den ganzen Vormittag an einer Sitzung teilgenommen und traf erst kurz nach 14 Uhr im Institut ein. Minuten später sass Junker bereits in dessen Büro und orientierte ihn über die Ergebnisse seiner nächtlichen Nachforschungen.

Oechslin hörte mit immer röter werdenden Wangen zu. Eine Viertelstunde lang.

«Das wäre wirklich der Hammer!», brummte er schliesslich und fixierte Junker über den Rand seiner Brille hinweg.

«Aber ganz sicher können wir nicht sein», versuchte Junker den Enthusiasmus seines kurz vor der Pensionierung stehenden Chefs zu dämpfen. «Noch nicht! Und vielleicht überhaupt nie! Bis jetzt sind alle Untersuchungen negativ ausgefallen und wir …»

«Ich weiss, ich weiss …», fiel Oechslin ihm ins Wort. «Und überhaupt ist die Wahrscheinlichkeit äusserst gering … aber verdammt noch mal … es würde passen! Sie wissen doch: Was häufig ist, ist häufig; was selten ist, ist selten – aber es kommt vor!»

«Hatten Sie überhaupt schon einmal mit dem Zeug zu tun?», wollte Junker wissen.

«Nicht in den letzten 25 Jahren.» Oechslin schien nachdenklich. «Und nicht hier in der Schweiz.»

Junker schaute ihn fragend an. «Und? Was machen wir jetzt? Reicht es, um die Kavallerie anzufordern?»

Oechslin rieb sich nachdenklich das Kinn, während er auf den Computerausdruck starrte. «Keine Ahnung!», sagte er schliesslich schulterzuckend und knallte das Papier auf den Tisch wie ein Jasser seine beste Trumpfkarte. «Wir rufen die einfach mal an und erzählen ihnen, was wir haben. Dann sollen sie selber entscheiden.»

## 2

Kurz vor 15 Uhr war in der Kantine der Kantonspolizei Bern wenig Betrieb. Die beiden Fahnder Rolf Wagner und Andreas Teuscher sassen schweigend an einem Tisch und verpflegten sich mit Mineralwasser und Sandwiches. In der Einsatzzentrale herrschte Flaute, und da ihr Dienst noch gute sechs Stunden dauerte, nutzten sie die Gelegenheit, sich zu stärken.

Genau genommen war es nur Wagner, der genüsslich sein Sandwich verzehrte, jenes von Teuscher lag kaum angeknabbert auf der Cellophanfolie, in die es ursprünglich eingewickelt gewesen war. Und Teuschers Mineralwasserglas, aus dem ein roter Strohhalm herausragte, war auch immer noch randvoll.

«Und?», fragte Wagner mit vollem Mund und verzog sein dickliches Gesicht zu einem Grinsen. «Hast du heute keinen Hunger?»

«Wirklich fehr witfig», gab Teuscher zurück, während er mit einer Papierserviette vorsichtig seine aufgeplatzte und geschwollene Oberlippe betupfte.

«Demnach sieht dein Rüssel nicht nur gut aus, er scheint auch überaus praktisch.»

«Iff doch einfach dein Fandwich und halt die Klappe.»

«Wie du meinst.» Wagner rückte seine Brille zurecht und wischte sich übertrieben vornehm den Mund ab. «Darf ich?» Er zeigte auf Teuschers Sandwich.

«Bitte. Nur keine Hemmungen.»

«Ich an deiner Stelle hätte mich krankschreiben lassen. Ist doch eine Zumutung, in diesem Zustand zur Arbeit zu gehen.»

«Für dich oder für mich?»

«Ich meine es ernst!»

«Wiefo krankfreiben? Ich bin Kriminalbeamter, kein Dreffman. Und daf Fprechen kannft ja du für mich übernehmen.»

«Teuscher, der harte Hund», konstatierte Wagner mit einem Kopfschütteln. «Und wann bekommst du die neuen Zähne?»

«Morgen. Ein Proviforium. Die definitiven in etwa vier Wochen.»

«Vielleicht solltest du deine Karriere als Eishockeyspieler doch langsam beenden? Wenn dich dieser Puck ein wenig weiter oben getroffen hätte, wärst du nicht mit dem Verlust von vier Zähnen davongekommen.»

«Ift halt kein Fport für Weicheier, wie …»

«… Modellfliegen», fiel Wagner ihm ins Wort. «Das wolltest du doch sagen, oder?»

Teuscher zuckte mit den Schultern und betupfte wieder seine Lippe.

«Du hast ja keine Ahnung! Komm mal mit auf den Hahnenmoos-Pass! Wir werden ja sehen, wie fit du nach einem Flugtag noch bist.»

«Gott behüte! Lieber noch mal einen Puck in die Vifage.»

«Ach, leck mich …!»

Wagners Kommentar wurde durch den Rufton seines Dienstpagers im Keim erstickt. Zwei Sekunden später machte sich auch das schwarze Kästchen an Teuschers Gürtel bemerkbar. Sie schauten gleichzeitig auf das Display, standen wortlos auf und verliessen die Kantine.

Kommissar Engel, der diensthabende Einsatzleiter des Dezernats Leib und Leben, stand hinter seinem Schreibtisch und telefonierte, als Wagner und Teuscher sein Büro betraten. Kojak, Engels fünfjähriger Jack Russel Terrier, kam ihnen schwanzwedelnd entgegen, um sich ein paar Streicheleinheiten abzuholen. Dann verschwand er wieder hinter dem Schreibtisch, wo Engel ihm ein bequemes Plätzchen eingerichtet hatte. Mit einer Geste forderte der Kommissar die Fahnder auf, Platz zu nehmen, während er ohne Unterbruch weitertelefonierte. Die beiden setzten sich hin und beobachteten den bulligen Mittvierziger mit dem schütteren Haarwuchs und dem Kinn, das aussah wie jenes von Michael Schumacher. Engel sprach wenig, er hörte vor allem seinem

Gesprächspartner am anderen Ende der Leitung zu. Plötzlich vollführte er eine Pantomime, die ein fauchendes Raubtier darstellen sollte, womit klar war, dass er mit der Untersuchungsrichterin Marti telefonierte. Zwei Minuten später war das Gespräch zu Ende und Engel knallte den Hörer hin.

«Zicke», stiess er gepresst hervor. Dann knöpfte er seinen Hemdkragen zu und richtete die Krawatte.

«Probleme?», erkundigte sich Wagner.

«Nichts Besonderes.» Engel machte eine abschätzige Handbewegung, womit das Thema für ihn erledigt war.

«Also, meine Herren. Wir haben einen Einsatz. Die Rechtsmediziner haben angerufen. Sie haben einen aussergewöhnlichen Todesfall, der sich als Mord entpuppt hat – aber nur vielleicht und nur irgendwie … irgendwie auch nicht … scheint kompliziert zu sein. Auf jeden Fall müssen wir hin.» Beim Hinausgehen schlüpfte er in sein Jackett und rief den Hund: «Komm her, Kojak! … Hast du den netten Herrn mit der dicken Lippe gleich wiedererkannt?»

Zwanzig Minuten später wurden die Kriminalbeamten von Oechslins Sekretärin in dessen Büro geführt. Der Professor und Junker sassen an einem ovalen Sitzungstisch, auf dem Tassen, Gläser, eine Flasche Mineralwasser und eine Kanne mit dampfendem Kaffee bereitstanden, dessen anregendes Aroma den Beamten schon draussen im Flur in die Nase gestiegen war.

Oechslin erhob sich. «Ah, der Kommissar Engel!», rief er überschwänglich und breitete die Arme aus, als ob er die Absicht hätte, den Besucher an die Brust zu drücken. Aber im letzten Moment liess er die Arme doch wieder sinken und streckte Engel nur die Hand entgegen – worüber dieser froh war. Eigentlich hatte Engel nichts gegen Oechslin, und sie hatten schon oft zusammengearbeitet. Aber beim letzten gemeinsamen Fall hatte der Professor ihn vor der Staatsanwaltschaft schlecht aussehen lassen. Ein Stachel, der zumindest noch so tief sass, dass er keine Lust verspürte, von dem bärenhaften Mann umarmt zu werden.

«Lange nicht mehr gesehen!», fuhr Oechslin in aufgeräumtem Ton fort und klopfte dem Kommissar kameradschaftlich auf die Schulter.

«In der Tat», stimmte Engel höflich zu. Aber insgeheim ärgerte er sich über die joviale Begrüssung. «Führt sich auf wie ein siegreicher Boxer», dachte er, «gratuliert dem auf wackeligen Beinen stehenden Gegner, nachdem er ihn auf die Bretter geschickt hat.»

Während Oechslin Wagner und Teuscher begrüsste, liess Engel seinen Blick durch das grosse Büro schweifen. Als Erstes registrierte er die überbelegte Bücherwand, deren schwer belastete Regale sich in der Mitte leicht durchbogen. Danach fiel sein Blick auf die teils antiken, teils modernen und geschmackvoll aufeinander abgestimmten Einrichtungsgegenstände. Es war unschwer zu erkennen, dass Oechslin die Sachen nicht bei IKEA gekauft hatte, ebenso wenig wie die beiden kunstvoll geknüpften Teppiche, die unter dem schweren Schreibtisch und dem Sitzungstisch den rustikalen Parkettboden bedeckten. Beim Anblick von Oechslins Refugium überkamen Engel zwangsläufig Gedanken an sein eigenes mit Beamtenmöbeln aus Metall und Kunststoff eingerichtetes Büro. An den welligen Novilonboden und die ständig harzende Pressspanplatte, die er als seine Bürotür bezeichnen musste. Und er fühlte, wie der imaginäre Stachel in seinem Fleisch ein paar Millimeter weiter hineingedrückt wurde.

«Bitte, meine Herren ...» Oechslin zeigte auf die freien Stühle.

Engel und seine Kollegen warteten, bis die Sekretärin mit dem Einschenken von Kaffee und Mineralwasser fertig war.

«Kann ich den Herren sonst noch etwas bringen?», fragte sie mit einem Lächeln. Die Polizisten lehnten dankend ab und begleiteten die junge Frau mit übertrieben freundlichen Blicken, als sie den Raum verliess.

«Hättest um einen Strohhalm bitten sollen», raunte Wagner Teuscher zu, der die Bemerkung mit einem bösen Blick quittierte.

«So, meine Herren.» Oechslin rieb sich die Hände. «Doktor Junker hat Ihnen ja bereits am Telefon mitgeteilt, dass wir zurzeit einen Fall bearbeiten, der auch für Sie von Interesse sein dürfte.» Dann zeigte er plötzlich auf Teuschers Lippe. «Sieht übrigens übel aus, Herr Teuffer. Berufsunfall?»

Engel und Wagner brachen in Gelächter aus, derweil Teuscher rot anlief und säuerlich das Gesicht verzog.

«Habe ich etwas Falsches gesagt?» Oechslin schien verunsichert.

«Nein, nein», beschwichtigte Wagner, während er sich die Tränen unter der Brille wegwischte. «Aber eigentlich heisst unser Kollege ‹Teuscher›. Er hat im Moment nur ein wenig Mühe, sich verständlich auszudrücken.»

«Oh! Verstehe … tut mir leid … dann wollen wir Sie nicht länger auf die Folter spannen … legen Sie los, Kollege Junker!»

«Sehr gern. Also …» Junker räusperte sich. «Seit gut einer Woche untersuchen wir den rätselhaften Tod einer jungen Frau: Kristina Brand, 22 Jahre alt, Medizinstudentin.» Junker legte den Beamten einige Fotografien der Leiche vor und schilderte den Fall in groben Zügen. Abschliessend fügte er hinzu, dass man die Todesursache bisher nicht habe finden können. Engel und seine Kollegen hörten aufmerksam zu, schienen aber wenig beeindruckt.

«Für uns zwar nicht sehr schmeichelhaft», fuhr Junker mit einem Seitenblick zu seinem Chef fort, «dafür umso interessanter ist der Umstand, dass wir vor dreieinhalb Monaten bereits einen ähnlichen Todesfall hatten, den wir nicht klären konnten.» Wieder überreichte Junker den Beamten ein paar Fotografien. «Robert Kramer, 52-jährig, Musiker.»

«Zwei ungeklärte Fälle?», fragte Engel verwundert, während er gleichzeitig das Sträuben seiner Nackenhaare und ein sanftes Herausrutschen des imaginären Stachels zu spüren glaubte.

«Ja, leider», grunzte Oechslin zerknirscht und fügte mit erhobenem Zeigefinger hinzu: «Aber das letzte Kapitel ist noch nicht geschrieben – in keinem der Fälle!»

Nach einer kurzen Verlegenheitspause berichtete Junker über den Fall Kramer.

«Kurzum», fasste er am Schluss zusammen, «wir hatten keine Ahnung, woran der Mann gestorben ist.»

«Hatten?», hakte Engel nach. «Folglich wissen Sie jetzt mehr?»

«Wissen ist übertrieben. Es ist mehr eine Vermutung.»

«Eine sehr starke Vermutung!», präzisierte Oechslin. «Aber fahren Sie fort.»

«Okay. Dann also eine ‹sehr starke Vermutung› … Jedenfalls haben wir die Krankheitsverläufe und die Symptome der beiden Fälle miteinander verglichen und festgestellt, dass grosse Ähnlichkeiten bestehen. Beide Opfer waren bis zu ihrer Erkrankung vollkommen gesund und sind praktisch von einer Minute auf die andere erkrankt. Die Verläufe waren kurz und heftig; einen Tag beziehungsweise zwei Tage nach Ausbruch der Krankheit waren beide tot. Am interessantesten sind jedoch die Symptome und die Obduktionsbefunde: Beide litten an schwersten Entzündungen der Schleimhäute sowohl im Bereich der Atemwege wie auch im Verdauungstrakt. Und gestorben sind sie letztlich an einem sogenannten Multiorganversagen, das heisst, lebenswichtige Organe wie Leber, Lunge, Niere und Herz haben aufgehört zu funktionieren.»

«Hm ... ich verstehe, was Sie meinen», sagte Engel mit gedehnten Worten. «Zwei Personen aus der gleichen Region, die in einem relativ engen Zeitraum an der gleichen rätselhaften Krankheit verstorben sind.»

«Genau!»

«Und bezüglich Ursache?»

«Grundsätzlich kommen verschiedene in Frage, aber die meisten konnten wir mit unseren Untersuchungen definitiv ausschliessen. Andere wiederum sind sehr unwahrscheinlich, beispielsweise biologische oder chemische Kampfstoffe, zu denen man kaum Zugang hat. Auch gewisse Krankheitserreger scheiden aus, weil sie in Europa nicht vorkommen ... Übrig geblieben ist eigentlich nur eine Möglichkeit –»

Junker machte eine Pause.

«Rizin!»

Engel verharrte zunächst reglos, den Blick auf Junker fixiert. Dann wandte er sich langsam seinen Mitarbeitern zu und hob die Augenbrauen. Teuscher reagierte mit einem diskreten Kopfschütteln, Wagner zog die Mundwinkel nach unten und zuckte mit den Schultern.

«Tja», hob Engel seufzend an und richtete sich wieder an Junker, «ich fürchte, wir ... äh ... können Ihnen da nicht ganz ... Rizin, sagten Sie?»

«Ja. Ein sehr starkes, biologisches Gift. Nicht annähernd so stark wie Botulinustoxin, das Ihnen möglicherweise geläufiger ist, aber tausendmal stärker als Zyankali! Es wird aus den Samen des Rizinusstrauchs gewonnen, den Sie vielleicht eher unter dem Namen ‹Wunderbaum› oder ‹Christuspalme› kennen. Eine subtropische Pflanze, die vor allem in Indien, Brasilien und China in grossem Massstab angebaut wird. In letzter Zeit ist sie aber auch immer häufiger in den hiesigen Gärten und Parkanlagen als Zierpflanze anzutreffen.»

«Hat aber hoffentlich nichtf mit Ritfinuföl zu tun, oder?», fragte Teuscher mit besorgtem Blick. «Alf Kind muffte ich daf Zeug nämlich literweife trinken.»

«Doch!», widersprach Oechslin mit einem Schmunzeln. «Das völlig harmlose und für verschiedenste Zwecke verwendete Rizinusöl wird aus den gleichen Samen hergestellt wie das tödliche Rizin – eine äusserst spannende Tatsache, nicht wahr? Die Samen der Pflanze werden gepresst, was als Presssaft herauskommt ist das ungiftige Rizinusöl, die festen Pressrückstände hingegen enthalten das hochgiftige Rizin.»

«Und wie viele Pflanzen oder Samen braucht man, um die für einen Menschen tödliche Menge zu gewinnen?», wollte Engel wissen.

«Nicht viele! Eine einzige Pflanze oder zwei bis drei Samen reichen aus. Es kommt darauf an, wie professionell man dabei vorgeht.»

«Wie meinen Sie das? Ich nehme an, die Herstellung ist ziemlich kompliziert.»

«Da muss ich Sie leider enttäuschen, Herr Engel! Sie ist kinderleicht!»

«Das ist nicht Ihr Ernst!»

«Doch! Es mag zwar einigermassen anspruchsvoll sein, hoch konzentriertes und stark gereinigtes Rizin herzustellen, aber die Produktion von weniger konzentriertem, verunreinigtem Material – das aber immer noch hochgiftig und tödlich ist – erfordert keine besonderen Fähigkeiten.»

Engels Miene drückte eine erhebliche Portion Skepsis aus. Mit gerunzelter Stirn starrte er Oechslin an, in der Hoffnung, dass dieser die zuletzt gemachten Aussagen widerrufen und als Scherz bezeichnen würde. Aber Oechslin widerrief nicht, hielt seinem Blick stand, ohne mit der

Wimper zu zucken. Hilfe suchend richtete Engel seine Augen auf Junker, aber der nickte nur und unterstrich damit die Aussagen seines Chefs.

«Schauen Sie, Herr Engel», fuhr Oechslin fort, «der Rohstoff steht praktisch jedermann unbeschränkt zur Verfügung. Er wächst wie Salat im Garten. Anleitungen zur Produktion finden Sie im Internet, wobei es natürlich kein Nachteil ist, wenn man über einige Laborgrundkenntnisse verfügt. Und man benötigt nur eine ganz simple Ausrüstung, um das Gift zu Hause in der Küche, im Badezimmer oder in der Garage herzustellen.»

Einen Moment lang blieb es still.

«Tönt nicht gut», meinte Engel schliesslich. «Haben Sie die beiden Leichen auf Rizin untersucht?»

«Hier liegt das Hauptproblem», wich Junker seufzend aus. «Rizin ist bereits in kleinsten Mengen tödlich. Mengen, die so winzig sind, dass sie nach der Verteilung im Körper nicht mehr nachgewiesen werden können. Die Konzentrationen sind zu gering. Es will also nichts heissen, wenn man nichts findet. Es kann trotzdem eine Rizinvergiftung vorliegen! Wenn die Krankheitssymptome passen, müssen wir sie in Erwägung ziehen. Die grössten Chancen, das Gift nachzuweisen, hat man im Mageninhalt – sofern das Opfer es gegessen oder getrunken hat. Aber Rizin kann man auch inhalieren, spritzen und sogar über die Haut aufnehmen – und dann … hasta la vista … nichts mit Nachweis!»

Engel atmete tief durch und nickte verstehend. «Könnte es sich um Suizide oder Unfälle handeln?»

«Nicht ausgeschlossen!», räumte Junker halbherzig ein.

«Zwei Selbstmorde oder Unfälle innerhalb von dreieinhalb Monaten? In der gleichen Region? Ich glaube, die Wahrscheinlichkeit ist praktisch null», rückte Oechslin die Dinge ins rechte Licht. Er setzte seine Brille ab, behauchte die Gläser und begann sie mit einem Papiertaschentuch zu polieren. «Sie sollten der Sache nachgehen, Herr Engel! … Mein Gott, zwei Rizinmorde … im beschaulichen Bern … das wäre wirklich der Hammer …»

«Gab es ähnliche Fälle in der Schweiz?»

«Nicht in den letzten knapp vierzig Jahren», antwortete Junker und überreichte Engel ein A4-Blatt. «Wie Sie dieser Zusammenstellung des Schweizerischen Toxikologischen Zentrums entnehmen können, wurden in unserem Land seit 1966 fünf tödliche Vergiftungen registriert – zum Glück ausnahmslos bei Hunden. Kein einziger Todesfall bei Menschen.»

«Trotzdem schrecklich!», raunzte Engel gereizt und gab Junker das Papier zurück. Er warf einen flüchtigen Blick auf die Uhr und dachte einen Moment angestrengt nach. «Gut», meinte er schliesslich, «dann werde ich mal die Untersuchungsrichterin aufscheuchen.»

## 3

Engel bat darum, irgendwo ungestört telefonieren zu dürfen. Junker führte die Beamten in die Institutsbibliothek. Kaum waren die drei allein, verliess Engel den Raum wieder, mit der Bemerkung, dass er in einigen Minuten zurück sei. Teuscher und Wagner schauten sich schulterzuckend an. Augenblicke später sahen sie Engel unten auf der Strasse zu seinem Dienstwagen eilen. Nach einem prüfenden Blick durch die Scheibe öffnete er die Hecktür, dann den dahinter installierten Autozwinger. Er machte eine ermunternde Geste, worauf Kojak in seine Arme sprang. Fast eine halbe Minute lang knuddelte Engel den Kleinen, während sein Gesicht die pure Glückseligkeit verriet. Schliesslich sperrte er den Hund wieder in den Zwinger, schloss die Hecktür und machte sich auf den Weg zurück ins Institut.

«Schon ein hartgesottener Kerl, unser Chef», bemerkte Wagner, und Teuscher verdrehte die Augen.

Wenige Augenblicke später betrat Engel mit ernster Miene die Bibliothek und holte sein Handy aus der Tasche.

Das Gespräch mit Untersuchungsrichterin Barbara Marti dauerte gute zwanzig Minuten.

Nachdem Engel sie über die von den Rechtsmedizinern geäusserten Vermutungen ins Bild gesetzt hatte, schlug er vor, in der Angelegenheit zu ermitteln. Wie er erwartet hatte, sträubte sich Marti – sie sträubte sich immer gegen seine Vorschläge! Auf eine blosse Vermutung hin könne man doch nicht den ganzen Apparat in Bewegung setzen, meinte sie tadelnd. Schon gar nicht für ein Ereignis, das bereits Monate zurückliege. Und von diesem Rizin habe sie noch nie gehört.

Engel versuchte ihr beliebt zu machen, in einer ersten Phase nur den «Fall Brand» anzugehen, weil der noch einigermassen aktuell sei und somit gute Chancen auf Ermittlungserfolge bestünden. Je nachdem könne man den länger zurückliegenden «Fall Kramer» später noch aufrollen. Weiter schlug er vor, für den nächsten Morgen eine Sitzung einzuberufen, an der auch Vertreter der Staatsanwaltschaft und des Rechtsmedizinischen Instituts teilnehmen sollten. So hätte man Gelegenheit, ausführlicher zu informieren, die Sachlage zu diskutieren und die nötigen Entscheide zu treffen – wie immer sie auch ausfallen mochten.

Noch zierte sich Marti. Wie jemand, den man in nüchternem Zustand zu einem Karaoke-Auftritt drängt. Aber nach einigem Hin und Her spürte Engel, dass sie geneigt war einzulenken. Viel fehlte nicht, nur noch ein kleiner Schubs! Und den versuchte er der als Naschmaul bekannten Zauderin zu geben, indem er sie – schweren Herzens – zu einem Vermicelles einlud.

Die Einladung trug sehr zur Erheiterung seiner Mitarbeiter bei, die mit respektlosem Grinsen und dümmlichen Faxen reagierten. Doch Engels Opferbereitschaft war nicht vergebens: Marti willigte ein, obwohl sie mit kehligem Glucksen darauf hinwies, dass die Einladung eigentlich den Tatbestand der Bestechung erfülle.

Bevor Engel das Gespräch beendete, wurden noch ein paar Details zum weiteren Vorgehen besprochen. Dann kehrte er mit seinem Gefolge in Oechslins Büro zurück, wo Junker und der Professor auf sie gewartet hatten.

«Die Untersuchungsrichterin hat grünes Licht gegeben», verkündete Engel trocken, während er Wagner und Teuscher mit strengem Blick in Schach hielt. «Aber ich muss jemanden von Ihnen bitten, morgen um 9 Uhr 30 an unserer Sitzung im Polizeikommando teilzunehmen.»

«Kein Problem», erklärte sich Junker sofort bereit.

«Sehr gut. Und bevor wir jetzt loslegen, sollten wir noch ein paar Dinge wissen, zum Beispiel, wonach wir im Zusammenhang mit dem Gift überhaupt suchen müssen – und wie lange zurück!»

«Die ersten Symptome treten in der Regel zwei bis vierundzwanzig Stunden nach Verabreichung des Gifts auf», erklärte Junker. «Selten – und wahrscheinlich nur bei nicht tödlichen Dosierungen – erst nach zwei bis drei Tagen. In Kristina Brands Fall können Sie davon ausgehen, dass ihr das Gift nicht länger als vierundzwanzig Stunden vor Krankheitsbeginn verabreicht wurde.» Junker blätterte kurz in der Akte. «Ja, ich würde sagen ab Mitternacht. Null Uhr.» Er legte die Akte wieder zur Seite. «Und Sie müssen nach einer möglichen Giftquelle suchen.»

«Von wie viel Gift sprechen wir eigentlich?», erkundigte sich Wagner.

«Nun … die Nadel im Heuhaufen wäre wohl einfacher zu finden», wich Junker aus.

«Wie viel?», hakte Engel nach.

«Ein einziges Korn Tafelsalz.»

«Ha!», rief Engel belustigt und klopfte sich auf die Schenkel. «Sie scherzen!»

«Keineswegs», kam Oechslin seinem Mitarbeiter zu Hilfe. «Das ist nun mal die Menge, die ausreicht, um einen erwachsenen Menschen zu töten.»

«Und Sie müssen ja nicht nach diesem Salzkorn suchen», fügte Junker hinzu, «sondern nach dessen Quelle, gewissermassen nach dem Salzstreuer oder der Salzpackung! Nach irgendeinem Gegenstand, mit welchem man dem Opfer das Gift hätte verabreichen können. Sie sollten nach Spritzen Ausschau halten, obwohl wir an der Leiche keine verdächtigen Einstichstellen gefunden haben. Und natürlich nach Nahrungsmittelresten und Getränken. Wenn sie geraucht hat, brauchen wir ihre Zigaretten. Suchen Sie nach Kaugummis, Zahnpastatuben, Mundwasser, Sonnencreme, Zahnseide, Tampons ... verstehen Sie, was ich meine?»

«Ja, allerdings», knurrte Engel. «Das können Sie dann morgen auch gerne der Untersuchungsrichterin erzählen ... und wie sieht diese Rizinpflanze eigentlich aus? Haben Sie ein Bild von dem Teufelszeug?»

Junker durchsuchte einen Stoss Papiere und entnahm ihm einen Farbdruck, den er Engel überreichte. «Voilà. ‹Ricinus communis›, alias ‹Wunderbaum›, alias ‹Christuspalme›. Im Englischen meist ‹castor bean› genannt.»

Engel betrachtete eine Pflanze mit leuchtend roten Blüten und grossen, grünen Blättern. Ein separater Bildausschnitt unten rechts zeigte drei rotbraun und weissgelb marmorierte, ein bis zwei Zentimeter grosse, ovale Gebilde.

«Äusserst dekorativ», konstatierte Engel und reichte das Bild an Wagner weiter.

«Sehr!», pflichtete Junker bei. «Die hier grün abgebildeten Blätter können übrigens auch rot oder blaugrau sein.

Und das unten rechts sind die Samen, die das Gift enthalten.»

«Und wie müssen wir uns ein Rizinlabor vorstellen?»

«Im Prinzip wie ein einfaches Drogenlabor: Flaschen, Becher, Gläser, vielleicht ein grösserer Glas- oder Metallbehälter zum Aufbewahren der Pressrückstände. Keine Destillationsvorrichtung, die braucht es nicht.»

«Irgendein Filter?», half Oechslin.

«Genau! Ein einfacher Trichterfilter oder auch nur ein Küchensieb mit normalem Filterpapier. Und etwas, womit man die Samen zerquetschen kann. Eine Presse, ein Mörser mit Stössel, etwas in der Art.»

«Gut. Vielen Dank! Ich glaube, das reicht fürs Erste.» Engel richtete sich an seine Mitarbeiter. «Noch Fragen?»

Engel forderte zwei Teams des Kriminaltechnischen Dienstes an.

Eines bestellte er ins Anatomische Institut, wo Kristina Brand fast ihren ganzen letzten Tag verbracht hatte. Obwohl Engel davon ausging, dass die Kollegen kaum brauchbare Spuren finden würden, wollte er die Örtlichkeit mit ihnen gemeinsam inspizieren.

Das zweite Team beorderte er zusammen mit einem Streifenwagen an Kristina Brands Wohnadresse im Berner Breitenrainquartier. Wagner war ebenfalls bereits auf dem Weg dorthin, er hatte in Erfahrung gebracht, dass Brands Freundin, Sandra Grossen, sich zurzeit in der Wohnung aufhielt. Er sollte mit der Frau den Ablauf des letzten Morgens rekonstruieren und sie anschliessend von der Streife ins Anatomische Institut bringen lassen, wo Engel den weiteren Tagesablauf mit ihr durchgehen wollte. Der Kriminaltechnische Dienst oder KTD, wie er von den Beamten meistens genannt wurde, hatte den Auftrag, nach Wagners gezielten Anweisungen die Wohnung zu durchsuchen.

Um Kristina Brands Mutter, die in der Nähe von Thun wohnte, würden sich die Kollegen der Regionalpolizei Berner Oberland kümmern. Sie mussten der Frau beibringen, dass man im Fall ihrer Tochter ein Gewaltverbrechen vermutete und entsprechende Untersuchungen durchzuführen habe. Falls sie vom Inselspital irgendwelche persönlichen Gegenstände ihrer Tochter – Kleider, Handtasche, Handy – mit nach Hause genommen hatte, mussten diese sichergestellt werden. Engel war froh, dass er diese heikle und undankbare Aufgabe nicht selber übernehmen musste.

Als er so weit alles in die Wege geleitet hatte, richtete er sich an Teuscher. «Wir beide werden uns jetzt die Leiche der Studentin ansehen, bevor wir ins Anatomische Institut rübergehen.»

«Muff daf fein? Ich meine … bringt doch nichtf, wir haben ja die Fotografien gefehen?»

«Ja, Herr Kollege, das muss sein. Eine Fotografie kann den realen Eindruck nie ganz ersetzen, und wenn wir schon die Möglichkeit haben …»

Der Anblick der jungen Frau, die Junker vor ihren Augen aus dem Kühlfach holte, brachte sie in kriminalistischer Hinsicht keinen Schritt weiter – insofern hatte Teuscher recht gehabt: Die Fotos hätten genügt. Aber der Eindruck, den das Opfer in dem kühlen und nach Innereien riechenden Raum auf sie machte, wirkte ungemein motivierend. Engel bemerkte Teuschers verbissenen Gesichtsausdruck.

«Sehen Sie», sagte er leise, «genau das habe ich vorhin gemeint, als ich vom ‹realen Eindruck› sprach.»

«Ich auch, alf ich fragte, ob daf wirklich fein muff.»

«Sie war übrigens schwanger», setzte Junker noch einen drauf, bevor er die Leiche zudeckte und ins Kühlfach zurückschob. «Dreizehnte bis vierzehnte Schwangerschaftswoche.»

# 4

Minuten später verliess Engel in Teuschers Begleitung das Gebäude der Rechtsmedizin. Bereits nach wenigen Schritten erreichten sie den Altbau des Anatomischen Instituts an der Bühlstrasse 26. Sie blieben einen Moment stehen und liessen ihre Blicke über die im Neurenaissance-Stil erbaute, mit Sandsteinen veredelte Backsteinfassade schweifen.

«Eigentlich ein schönes Gebäude», konstatierte Engel, die Hände in die Hüften gestemmt.

«Von auffen vielleicht ...», murrte Teuscher.

«Ja ... drinnen stehen wahrscheinlich überall diese mit Flüssigkeit gefüllten Glasbehälter herum, in denen irgendwelche Gehirne oder missgebildeten Embryos eingemacht sind.»

Dann traten sie ein und stiegen über eine kurze Steintreppe ins eigentliche Erdgeschoss, wo sie in einen breiten Korridor gelangten. Geradeaus ging es zum Hörsaal, wie ein Wegweiser ihnen verriet. Die beiden schauten sich um: weit und breit keine Einmachgläser!

Langsam folgten sie dem Wegweiser. Vor der Tür des Hörsaals, die einen Spaltbreit offen stand, blieben sie stehen und lauschten. Als von drinnen keine Geräusche zu vernehmen waren, stiessen sie die Tür ein paar Zentimeter weiter auf und steckten vorsichtig ihre Köpfe hindurch. Wenige Meter vor ihnen erhob sich eine steile, im Halbrund angeordnete, nostalgisch anmutende Holztribüne, deren Schreibbänke keinen sehr bequemen Eindruck machten. Engels Aufmerksamkeit streifte ein paar Ornamentmalereien und blieb schliesslich an der Ahnengalerie hängen mit den zahlreichen Porträts streng dreinblickender, älterer Herren.

«Suchen Sie Bestimmtes», fragte plötzlich eine rauchige Stimme mit unverkennbar osteuropäischem Akzent. Engel und Teuscher fuhren erschrocken herum. Hinter ihnen stand eine gross gewachsene, hagere Frau. Ihre Hände steckten in den Taschen einer weissen Schürze. Die tief auf ihrer Nase sitzende, mit einem Halskettchen gesicherte Brille war ungefähr so elegant wie ein Paar orthopädische Schuhe – die sie übrigens auch trug – und hätte wohl besser zu einem der Herren in der Ahnengalerie gepasst. Ihr Scheitel war ein zwei Zentimeter breiter, grauweisser Streifen, der die ansonsten pechschwarzen, an den Kopf gepappten Haare in der Mitte teilte.

Engel zückte seinen Ausweis und stellte sich vor. «Wir suchen den Direktor dieses Instituts.»

«Professor Müller hat Studenten, drüben in Neubau. Möglich, dass ich kann Ihnen helfen.» Sie streckte Engel eine knochige Hand entgegen, die dieser zögerlich ergriff. «Frau Doktor Donasek, Oberassistentin.»

«Das ist sehr nett von Ihnen», wand Engel sich heraus, «aber wir müssten den Professor persönlich sprechen.»

«Wie Sie meinen!» Sichtlich pikiert beschrieb die Oberassistentin den beiden den Weg zum Neubau, drehte sich um und schlurfte davon.

«Besser, sie arbeitet hier an den Leichen als mit richtigen Patienten», flüsterte Engel, worauf sich Teuschers lädierte Lippe zu einem Lächeln verzog.

Die beiden wollten gerade ihren Weg fortsetzen, als Rolf Baumgartner und Gabriela Romano vom KTD den Korridor entlangkamen. Beide mit je zwei Metallkoffern beladen, die ihnen nicht nur die Arme, sondern auch die Mundwinkel nach unten zu ziehen schienen.

«Ihr kommt gerade richtig», empfing Engel das mürrisch dreinblickende Duo, und nach ein paar Begrüssungsworten machten sie sich gemeinsam auf den von Frau Doktor Donasek beschriebenen Weg. Nach wenigen Schritten gelangten sie über einen Verbindungsgang in den angrenzenden Neubau, wo sie das Treppenhaus aufsuchten. Sie stiegen ein Stockwerk höher, und als sie das Treppenhaus verliessen, verriet ihnen ein eigentümlicher Geruch, dass der Seziersaal nicht mehr weit war. Sie betraten einen als «Garderobe» bezeichneten Raum mit mehreren Waschbecken, Metallspinden und einem grossen Tisch, auf dem ein paar achtlos hingeworfene Schürzen und einige Schachteln mit Latexhandschuhen lagen. Eine Tür mit der Aufschrift «Grosser Präpariersaal» bestätigte ihnen, dass sie am richtigen Ort waren. Aus dem Saal drang eine elektronisch verstärkte Stimme. Engel und seine Kollegen horchten angestrengt, konnten aber nichts verstehen.

«Vorlesung», mutmasste Engel, während er sein rechtes Ohr gegen die Türe presste.

«Warten wir?», fragte Teuscher

Engel schaute auf die Uhr. «Nein. Ich will vorwärtsmachen.» Er wollte gerade an die Tür klopfen, als diese mit Schwung geöffnet wurde und ihn nur um Haaresbreite verfehlte. Ein hünenhafter, ungefähr sechzigjähriger Mann stürzte aus dem Präpariersaal, mit ihm ein übler Schwall Formalindämpfe und lauter Stimmenwirrwarr. Angesichts der vier Fremdlinge blieb er abrupt stehen und zog die Augenbrauen hoch. Einen kurzen Moment standen alle wie versteinert da, dann drückte der Hüne die Tür hinter sich ins Schloss. Der Stimmenwirrwarr verebbte schlagartig, der beissende Geruch blieb in der Luft hängen.

«Kann ich Ihnen behilflich sein?», fragte der Mann mit sonorem Bass und liess seinen argwöhnischen Blick zwischen Engel und dessen Kollegen hin und her wandern. Unter der makellos weissen Schürze trug er ein ebenso weisses Hemd, dessen Kragen eine dunkelrote Fliege zierte. Seine Erscheinung erinnerte Engel an Sean Connery.

Engel stellte sich und seine Mitarbeiter vor, worauf sich «Connery» als Professor Müller, Direktor des Anatomischen Instituts, zu erkennen gab. Engel kam gleich zur Sache und teilte dem Professor in wenigen Worten mit, dass eine seiner Studentinnen auf mysteriöse Weise ums Leben gekommen sei und dass man in dieser Sache polizeiliche Ermittlungen anstellen müsse.

Müller setzte eine sorgenvolle Miene auf und schüttelte den Kopf. «Welch eine Tragödie!», brummte er schliesslich, «eine so junge Frau ... aber ich denke, das ist nichts, worüber wir in einem gekachelten Raum wie diesem sprechen sollten. Gehen wir in mein Büro. Ich glaube, wir können alle einen Cognac vertragen.»

In Müllers Büro schilderte Engel detaillierter, was mit Kristina Brand passiert war und von welchen Vermutungen die Rechtsmediziner ausgingen. Müller sagte zunächst kein Wort, blickte versonnen aus dem Fenster und nippte an seinem Cognacschwenker.

«Bizarre Geschichte!», meinte er schliesslich. «Aber das mit dem Rizin scheint mir reichlich weit hergeholt, wenn Sie mich fragen. Eine andere Ursache ist ausgeschlossen?»

«Vielleicht nicht hundertprozentig, aber Ihre Kollegen haben nichts anderes gefunden.» Engel nahm ebenfalls einen Schluck aus seinem Glas, das jedoch nur Mineralwasser enthielt. «Allerdings ... wenn Sie das Thema schon aufgreifen ... ich frage mich, ob die Krankheit etwas mit der Arbeit unten im Seziersaal zu tun haben könnte.»

Müller stellte seinen Cognacschwenker ab und fixierte Engel mit durchdringendem Blick. «Das halte ich für ausgeschlossen.» Er unterstrich die Aussage mit einer resoluten Geste. «Theoretisch käme ja nur eine Infektion in Frage. Aber erstens verwenden wir für unsere Zwecke keine Körper, die zu Lebzeiten Anzeichen einer schweren Infektion aufwiesen oder sogar daran verstorben sind. Und zweitens werden die Leichen unmittelbar nach Todeseintritt mit einer speziellen, formalinhaltigen Lösung konserviert, die über die Blutgefässe im ganzen Körper verteilt wird. Sie wird auch in sämtliche Körperöffnungen eingebracht, in den Bauchraum, in den Brustraum und über ein spezielles Bohrloch sogar ins Schädelinnere.» Müller zeigte auf eine bestimmte Stelle an seinem Hinterkopf. «Anschliessend wird der ganze Körper über Monate in dieser Konservierungslösung gebadet.»

«Und das tötet alle Keime ab?»

«Ja! Bakterien, Viren, Pilze, alles. Und in all den Jahrzehnten, in denen ich nun schon mit konservierten Leichen arbeite, habe ich mir bereits unzählige Stich- oder Schnittverletzungen zugezogen. Meine Mitarbeiter auch, ebenso Hunderte von Studenten – und noch nie ist etwas Gravierendes passiert. Bis vor einigen Jahren haben wir sogar ohne Handschuhe gearbeitet. Und wenn mit der betreffenden Leiche etwas nicht stimmen würde, müssten ja auch andere Studenten erkrankt sein. Nein, nein, das können Sie vergessen.»

«Und die Konservierungslösung selbst? Könnte die irgendwie … »

«Nein! Bisweilen treten zwar erhebliche Reizerscheinungen der Atemwege und der Augen auf, aber nicht in dem Ausmass, wie Sie eben geschildert haben.»

Engel atmete tief durch. «Gut. Ich danke Ihnen! Für Ihre Zeit, für die Auskünfte – und für das Wasser!» Mit einem gequälten Lächeln hob er sein leeres Glas und stellte es sachte auf Müllers Schreibtisch.

«Möchten Sie nicht doch einen Cognac?», fragte der Professor, während er nach der Flasche griff.

Engel lehnte dankend ab. «Wenn Sie erlauben, möchten wir uns jetzt im Seziersaal umsehen. Frau Grossen, eine Mitstudentin und Freundin der Verstorbenen, sollte jeden Moment hier eintreffen. Wir möchten mit ihr den Ablauf des besagten Tages rekonstruieren.»

# 5

Wenig später traf Sandra Grossen ein. Sie war von Wagner bereits ausführlich befragt worden und hatte mit ihm den Ablauf des Morgens rekonstruiert, vom Moment, wo sie und Kristina aufgestanden waren, bis sie sich auf den Weg ins Institut gemacht hatten.

Sandra trug eine dunkle Sonnenbrille. Ihre Stimme klang verschnupft und ihr spannungsloser Körper drückte aus, wie es um ihren Gemütszustand bestellt war. Offensichtlich hatte sie sich in den letzten Tagen gnadenlos vernachlässigt. Fettige Haare umrahmten ihr Gesicht, dessen Haut mit Pickeln unterschiedlicher Reifestadien verunreinigt war. Darüber hinaus verbreitete sie einen penetranten Geruch, dem man lieber nicht auf nüchternen Magen ausgesetzt sein mochte: eine Mischung aus Schweiss, Zigarettenrauch und Alkohol.

«Wann haben Sie das letzte Mal geschlafen?», fragte Engel in besorgtem Ton, nachdem er die Frau begrüsst und mit den Kollegen bekannt gemacht hatte.

Sandra zuckte mit den Schultern. «Weiss nicht», gab sie kaum hörbar an.

«Fühlen Sie sich in der Lage, uns behilflich zu sein? Es wäre sehr wichtig … wir sollten möglichst wenig Zeit verlieren. Aber wenn es für Sie zu viel ist …»

«Kein Problem», versicherte die Frau wenig glaubhaft. «Fangen wir an!»

Die Rekonstruktion begann in jenem Garderoberaum, den Engel und seine Kollegen bereits besichtigt hatten.

«Dort haben wir uns umgezogen.» Sandra zeigte mit einer fahrigen Handbewegung in eine Ecke des Raums.

«Und wo haben Sie Ihre Sachen deponiert? Kleider, Handy, Wertgegenstände?», fragte Engel, während Baumgartner und Romano schon begannen, die von Sandra bezeichnete Ecke in Augenschein zu nehmen.

«In einem dieser Spinds.»

«In welchem?»

Sandra betrachtete die Reihe schmaler Metallschränke und überlegte kurz.

«Ich glaube in dem dort.» Sie wies auf die Nummer 15. Die Tür dazu war geschlossen, der Schlüssel abgezogen.

«Sind das persönliche Schränke?», wollte Engel wissen.

«Nein», antwortete Müller an Sandras Stelle. «Wir können nur eine begrenzte Anzahl zur Verfügung stellen. Es reicht jeweils nicht für alle Kursteilnehmer, und diejenigen, die einen ergattern, müssen ihn unmittelbar nach dem Kurstag wieder räumen.»

«Verstehe. Könnten Sie dann bitte den derzeitigen Inhaber der Nummer 15 ausfindig machen, damit er uns aufschliessen kann?»

«Kein Problem. Die Person müsste da drin sein.» Müller deutete auf die Tür zum Seziersaal. «Ich werde mal nachfragen.»

«Das ist nicht nötig», intervenierte Sandra mit schuldbewusstem Blick. «Wir haben den Schrank an diesem Nachmittag nicht geräumt, weil wir am Abend zum Essen eingeladen waren und vorher nicht mehr nach Hause wollten.»

Während Engel überlegte, ob er Lust hätte, abends neben jemandem im Restaurant zu sitzen, der den ganzen Tag in einem formalingeschwängerten Saal zwischen Leichen verbracht hatte, ohne danach zu duschen und sich umzuziehen, griff Sandra in ihre Jeans und förderte einen Schlüssel zu Tage. «Eigentlich wollte ich ihn am nächsten Morgen räumen … nachdem Kristina … aber ich hatte einfach nicht die Kraft …»

«Schon gut», beschwichtigte Engel. «Wir sind sogar froh, dass Sie das nicht getan haben.» Er nahm ihr den Schlüssel aus der Hand und übergab ihn Romano. Diese öffnete die Tür des Spinds, langsam und vorsichtig, als ob sie den Deckel eines Popcorn-Kochers abheben würde. Im Inneren befanden sich zwei Ledertaschen, zwei Schürzen und zwei kleine Holzkästchen. Baumgartner fotografierte den Inhalt, bevor Romano begann, die Sachen herauszuräumen. Sorgfältig inspizierte sie die Ledertaschen, welche Anatomiebücher, Skripten und Schreibmaterial enthielten, und packte sie getrennt in zwei spezielle Plastiksäcke. Danach untersuchte Romano die beiden Schürzen. Aus jener von Kristina Brand förderte sie einen abgegriffenen Bleistift und ein zerknülltes Papiertaschentuch zu Tage. Auch diese Gegenstände packte sie ein. Am Schluss kamen die Holzkästchen an die Reihe. Sie enthielten das Sezierbesteck. Romano warf einen kurzen Blick hinein, bevor sie ebenfalls eingetütet wurden.

«Persönliche Dinge wie Ausweise, Handy und Agenda haben Sie wohl mitgenommen, als sie das Institut verliessen?», fragte Engel nach einem Blick in den leeren Spind.

«Ja.»

«Und wo sind die Sachen Ihrer Freundin geblieben? Hat die Mutter sie mitgenommen?»

«Keine Ahnung! Ich habe sie jedenfalls nicht.»

«Verstehe … dann lassen wir das für den Moment … gehen wir der Reihe nach … Sind Sie an jenem Morgen direkt in den Seziersaal gegangen, nachdem Sie sich hier umgezogen hatten?»

«Ja.»

«Gleichzeitig?»

«Ja.»

Engel sah sich um. Sein Blick blieb an Müller hängen. «Könnten wir dann mal reingehen?» Er nickte in Richtung Seziersaal.

«Bitte gern!» Müller ging auf die Tür zu und öffnete sie. Wieder schlug ihnen dieser durchdringende Geruch entgegen. Langsam betrat die Gruppe den Saal.

«Ich fürchte, daf ift nichtf für mich», raunte Teuscher Engel zu und machte Anstalten, den Raum wieder zu verlassen.

«Ach, kommen Sie!», beschwichtigte Engel leise und hielt ihn an der Schulter zurück, «das ist nur der erste Moment. Atmen Sie durch den Mund, das hilft.»

Teuscher befolgte Engels Rat und begann geräuschvoll durch den Mund zu atmen, während er vor sich auf den Boden starrte.

«Schauen Sie sich ruhig um!» Teuschers Unbehagen schien Müller Vergnügen zu bereiten. «Machen Sie sich Ihr eigenes Bild. Sie werden feststellen, dass hier drin alles mit rechten Dingen zugeht. Nichts geschieht, was irgendwie gesundheitsschädigend sein könnte.»

Mit gequältem Gesichtsausdruck liess Teuscher seinen Blick kurz umherschweifen. «Fehr intereffant», stellte er mit nasaler Stimme fest und sah rasch wieder zu Boden.

«Hier geht es ja zu wie in einem Bienenstock», konstatierte Engel Sekunden später. «Wie viele Studenten arbeiten in diesem Raum?»

«Zwischen vierzig und fünfzig. Fünf bis sechs pro Arbeitsplatz.»

Engel lockerte seine Krawatte.

«Dort drüben hat Kristina zuletzt gearbeitet», liess Sandra verlauten und zeigte auf einen der Arbeitsplätze. Fünf Studentinnen und Studenten standen um besagten Tisch herum und waren mit Pinzetten und Skalpellen zugange.

«Sind das die gleichen Personen, die mit Ihrer Freundin gearbeitet haben?», fragte Engel leise.

«Nein. Die gehören zu einer anderen Gruppe.»

«Dann ist das auch nicht die gleiche Leiche?»

«Doch», widersprach Müller. «Wir haben für den ganzen Jahrgangskurs nur diese acht Körper zur Verfügung. Leider. Die rund hundertfünfzig Studenten müssen sie sich teilen.»

«Wie die Garderobekäftchen», raunzte Teuscher.

«Ich verstehe nicht ganz ...»

«Sie müssen sich die Leichen teilen, wie die Garderobekästchen», half Engel. «Von denen gibt es auch nicht genug.»

«Ein eigenartiger Vergleich», meinte Müller irritiert, «aber wenn Sie so wollen ...»

«Können Sie mir eine Liste der Studenten erstellen, die mit Kristina Brand am gleichen Tisch gearbeitet haben?»

«Kein Problem.» Müller schritt zu einer grossen Pinnwand, an der mehrere A4-Blätter hingen. Er fuhr rasch mit dem Finger über die Papiere und verharrte schliesslich an einer bestimmten Stelle. «Hier! Das ist die Gruppe. Fünf Personen, einschliesslich Kristina Brand.» Müller nahm das Blatt von der Wand und überreichte es Engel. «Die dazugehörenden Adressen müssen Sie sich beim Dekanat besorgen.»

Engel wandte sich wieder an Sandra. «Und wo haben Sie gearbeitet?»

Sie zeigte auf den übernächsten Tisch, ungefähr acht bis zehn Meter vom anderen entfernt.

«Aber in den Pausen waren Sie immer zusammen?»

Sandra nickte.

«Und hier drin ist nichts Spezielles vorgefallen?»

«Was meinen Sie damit?»

«Ich weiss auch nicht», sagte Engel schulterzuckend. «Hat sie sich vielleicht bei der Arbeit verletzt?»

«Nein. Das hätte sie mir sicher gesagt!»

Engel bat Müller, die Studenten von Kristina Brands Arbeitsplatz abzuziehen, damit Romano und Baumgartner sich ungestört umsehen konnten. Müller kam dem Wunsch nach, und wenig später begannen die Kriminaltechniker mit ihrer Inspektion, wobei der Professor sich anerbot, ihnen bei dem delikaten Unterfangen behilflich zu sein. Engel verliess wortlos den Saal, Sandra und Teuscher folgten ihm.

In der Garderobe trat Engel an eines der Waschbecken und fing an, seine eigentlich makellos sauberen Hände zu schrubben, als hätte er soeben an einer herausgesprungenen Velokette herumhantiert. Teuscher tat es ihm gleich, während Sandra sich apathisch in eine Ecke setzte.

Zehn Minuten später stiessen Baumgartner und Romano wieder zu ihnen. Als Engels fragender Blick sie traf, schüttelten sie den Kopf.

«Nichts!», meinte Romano knapp, und Baumgartner ergänzte: «An dem Körper haben in den letzten Wochen fünfzehn bis zwanzig Leute gearbeitet – ohne krank zu werden. Das können wir vergessen.»

Als Nächstes begleiteten die Beamten Sandra in die Mensa, wo sich die Frauen an jenem Tag ihren Lunch besorgt hatten.

«Abgepackte Sandwichs, einmal Schinken, einmal Käse», antwortete Sandra auf Engels entsprechende Frage. «Und wir haben beide je die Hälfte gegessen. Die waren also nicht vergiftet.»

Danach verliessen sie das Anatomische Institut und machten sich auf den Weg zur Markthalle, einem beliebten Treffpunkt der Berner Szene in der Nähe des Bahnhofs. Einem Ort, der mit rund zwanzig Bars, Restaurants und Shops zum Verweilen einlud und wo auch Sandra und Kristina sich nach getaner Arbeit eine Erfrischung gegönnt hatten.

Engel wollte unbedingt zu Fuss gehen. Begleitet von Teuscher und Sandra schlug er einen kleinen Umweg ein, um Kojak aus dem Dienstwagen zu holen.

Nachdem der Hund einen Hydranten bepinkelt und sich am Rande des Trottoirs «versäubert» hatte, wie Engel sich ausdrückte – Teuscher nannte es «auf den Boden scheissen» –, trug der Kleine sehr zu Sandras Aufmunterung bei. Teuscher hingegen fand vor allem den Anblick seines bulligen Chefs erbaulich, der in Anzug und Krawatte, mit einem kleinen Plastiksack bewaffnet, Kojaks unappetitliche Spuren vom Trottoir klaubte.

Sie überquerten die Eisenbahnbrücke, bogen nach links ab und gingen die stark befahrene und lärmige Laupenstrasse entlang stadteinwärts. Engel und Teuscher schritten schweigend voraus, Sandra und Kojak alberten hinterher. Links von ihnen lag die rund 150 Meter breite, aus zahllosen Schienensträngen bestehende Einfahrtszone zum Berner Hauptbahnhof. Auf dem Areal standen vereinzelte Wagons herum, Güterzüge rumpelten hin und her, und zwischendurch glitt eine der modernen Intercity-Kompositionen vorbei. Engel dachte darüber nach, wie viele Jahre es her sein mochte, dass er das letzte Mal in die Ferien verreist war.

Nach einer Viertelstunde erreichten sie die Markthalle. Romano und Baumgartner warteten schon am Eingang.

Sandra führte die Beamten in die Amici-Bar, an den Tisch, an dem sie mit Kristina an jenem Abend gesessen und ein Bier getrunken hatte. Sie gaben eine Bestellung auf und Engel sprach ein paar Worte mit dem Betreiber des Lokals, der ihm versicherte, dass an besagtem Abend nichts Spezielles vorgefallen sei. Für Romano und Baumgartner gab es nichts zu tun, und schon eine Viertelstunde später verliess die Gruppe das Lokal.

Ihre nächste und letzte Station war das Restaurant Azzurro. Sie fuhren alle im Wagen der Kriminaltechniker mit und betraten fünf Minuten später das Lokal. Die Beamten liessen sich von Sandra zeigen, wo sie und Kristina

Brand gegessen hatten, und befragten sie eingehend über den Ablauf des Abends. Sandra erstellte eine Liste der Personen, die an dem Anlass teilgenommen hatten, und fertigte eine Skizze der Sitzordnung an. Während Romano und Baumgartner die Küche und die Toiletten inspizierten, interessierte sich Engel für das Menü und die Getränke, die von der Geburtstagsgesellschaft konsumiert worden waren. Der Wirt bestätigte Sandras Angaben, wonach allen Gästen das gleiche Menü und der gleiche Wein serviert worden war. Darüber hinaus seien mehrere Liter Mineralwasser und ein paar Colas konsumiert worden. Keine Spezialwünsche, keine besonderen Vorkommnisse – bis kurz vor Lokalschluss, als die Frau plötzlich über Atemnot geklagt und mehrmals ein Mundspray verwendet habe.

Engel und Teuscher warfen sich einen stummen Blick zu. Dann schauten sie Sandra fragend an.

«Ventolin», erklärte sie. «Kristina war Asthmatikerin, sie brauchte es zwischendurch.»

«Wo ist dieses Spray geblieben?», fragte Engel.

«Keine Ahnung.»

«Und bis zu diesem Zeitpunkt war Frau Brand wohlauf?»

«Und wie! Ungefähr eine halbe Stunde bevor wir ihr Unwohlsein bemerkten, hat sie noch vorgeschlagen, nach dem Essen eine Disco aufzusuchen.»

«Tja ...» Engel zögerte. «Wussten Sie eigentlich, dass Ihre Freundin schwanger war?»

Sandra erstarrte.

«Im vierten Monat», ergänzte Teuscher.

«Mein Gott», flüsterte sie und schlug ihre Hände vors Gesicht.

«Sie hatten keine Ahnung?»

«Nein ... nein ... davon wusste ich nichts ...» Tränen kullerten über ihr Gesicht.

Engel reichte ihr wortlos ein Papiertaschentuch und wartete einen Moment.

«Hatte Ihre Freundin eine Beziehung? Wissen Sie, wer der Vater des Kindes sein könnte?»

Sandra schnäuzte sich geräuschvoll und wischte die Tränen aus ihrem Gesicht. «Nein! … Ich habe nicht den blassesten Schimmer.»

## 6

Am Morgen des 2. November, es war ein Mittwoch, traf Junker gegen 9 Uhr 15 am Hauptsitz der Kantonspolizei Bern ein, eine knappe Viertelstunde vor Sitzungsbeginn. Er parkierte seine Harley direkt vor dem Eingang, deponierte den Helm auf dem Sattel und betrat das Gebäude. Im Hineingehen zog er die Lederjacke aus, dann suchte er die Waschräume auf, um seine Haare in Ordnung zu bringen und sich von ein paar unappetitlichen Dreckspritzern zu säubern, die ein vorausfahrender Vierzigtönner ihm beschert hatte.

Zehn Minuten später betrat er das Sitzungszimmer, in dem sich bereits ein knappes Dutzend Personen versammelt hatten. Einige kannte er – oder sie kamen ihm zumindest bekannt vor. Andere, insbesondere die zwei uniformierten Beamten, die sich mit einem Kaffeebecher in der Hand unterhielten, hatte er noch nie gesehen. Engel war ebenfalls schon da. Der Kommissar kniete am Boden und hantierte leise vor sich hin fluchend am Hellraumprojektor herum, den er offensichtlich nicht in Gang setzen konnte.

Links von Engel sass Untersuchungsrichterin Marti, die amüsiert beobachtete, wie Engel sich mit dem störrischen Gerät abmühte. Sie, die Untersuchungsrichterin, kannte er auch. Ziemlich gut sogar, auf jeden Fall besser als jeder andere hier im Raum. So hoffte er zumindest. Junker wusste, dass Barbara Marti vor knapp zwei Wochen aus Florida zurückgekehrt war, wo sie – nicht nur, aber auch – an einem internationalen Kongress für Forensik teilgenommen hatte. Er war deshalb nicht erstaunt, sie schön gebräunt anzutreffen. Auch die schwarze Kurzhaarfrisur, die sich die 39-jährige Juristin im Sonnenstaat zugelegt hatte, vermochte ihn nicht zu überraschen, denn schliesslich hatte er den gleichen Kongress besucht – was ausser ihnen beiden jedoch niemand wusste. Insbesondere nicht Herr Marti.

Zu Martis Linken hatte sich Staatsanwalt Bieri platziert, mitsamt Toupet. Der Mann war ein kleines, dickes Energiebündel, weshalb ihn die meisten nur «Kugelblitz» nannten, wenn sie hinter seinem Rücken über ihn sprachen.

Mittlerweile war auch Wagner eingetroffen.

«Morgen, Doc», wurde Junker gut gelaunt von ihm begrüsst, und Junker erwiderte den Gruss nicht weniger freundlich. Sie setzten sich zusammen an den Tisch und breiteten ihre Unterlagen aus.

«Bin gespannt, wie das heute abläuft», raunte Wagner dem Rechtsmediziner verschwörerisch zu. Während er Junker in die Augen schaute, nickte er diskret Richtung Marti und Bieri. «Die beiden sind immer für eine Überraschung gut.»

Junker nickte verstehend, obwohl er keineswegs sicher war, dass er Wagners Bemerkung richtig interpretiert hatte. «Wo ist denn Ihr lädierter Kollege?», fragte er.

«Beim Zahnarzt.» Wagner grinste und fügte hinzu: «Herr Teuffer bekommt heute neue Zähne. Er wird später zu uns stossen.»

Just bevor der Zeiger der Wanduhr auf 9 Uhr 30 sprang, wurde Engels Hartnäckigkeit belohnt: Der Projektor begann zu summen und einen rasch stärker werdenden Lichtschein an die Wand zu werfen. Engel bat einen der

Anwesenden, die Tür zu schliessen, und eröffnete die Sitzung.

Junker zählte insgesamt vierzehn Teilnehmer, darunter auch Hanspeter Schwegler, den Leiter des Kriminaltechnischen Dienstes. Schwegler war auf dem rechten Ohr taub, weshalb er sich bei Sitzungen oder Gesprächen immer so platzierte, dass er die anderen Teilnehmer links von sich hatte. Den Hörschaden hatte er sich zugezogen, als in seiner Nähe ein Knallkörper – er selber sprach immer von einer Bombe – explodiert war. Wer den glatzköpfigen, schmächtigen Brillenträger nicht kannte, neigte dazu, ihn zu unterschätzen. Aber unter Insidern galt er als ganz hervorragender Kriminaltechniker.

Engel benötigte eine knappe Viertelstunde, um die Anwesenden mit beeindruckender Rhetorik auf den gleichen Informationsstand zu bringen, den er tags zuvor beim Verlassen des Instituts für Rechtsmedizin gehabt hatte.

«Also: Zusammenfassend muss ich noch einmal betonen, dass wir es mit einer ganz aussergewöhnlichen und schwierigen Situation zu tun haben! Zwei ungeklärte Todesfälle in den letzten dreieinhalb Monaten, die eines gemeinsam haben: Sie könnten, ich betone, *könnten* durch Vergiftungen mit Rizin verursacht worden sein, was wiederum bedeuten würde, dass wir von Tötungsdelikten ausgehen müssten. Tötungsdelikte mit einem überaus perfiden und gefährlichen Gift, das nur sehr schwer nachzuweisen ist.»

Er machte eine Pause und liess seine Worte wirken, während er grimmig in die Runde blickte.

«In Absprache mit unserer Untersuchungsrichterin» – er zeigte dabei mit einer galanten Geste auf Marti, die ihn mit einem Lächeln belohnte – «haben wir im aktuellen Fall, jenem der Studentin Brand, bereits erste Ermittlungen durchgeführt. Ich schlage vor, dass wir uns nun anhören, was wir bis jetzt haben. Am Ende der Sitzung werden wir entscheiden müssen, ob und in welcher Form die Angelegenheit weiterverfolgt werden soll.»

Marti und der Kugelblitz deuteten mit einem kurzen Kopfnicken ihre Zustimmung an und Engel begann als Erster zu referieren. Gekonnt fasste er die Aussagen von Professor Müller und Sandra Grossen zusammen, wobei er die wichtigsten Punkte an die Wand projizierte. Er berichtete über die Besuche in der Markthalle und im Azzurro und folgerte, dass sich bis anhin nur *ein* wirklich interessanter Ansatzpunkt ergeben habe: das Asthmaspray.

«Wir müssen noch die Studenten befragen, die mit Kristina Brand am gleichen Tisch seziert haben», fügte er abschliessend hinzu, «und natürlich die übrigen Teilnehmer der Geburtstagsfeier.» Sein Blick schweifte über die Anwesenden und blieb an Wagner hängen. «Von meiner Seite wäre das im Moment alles. Herr Wagner ... darf ich bitten ...»

Wagner räusperte sich mehrmals, nahm einen Schluck Wasser und rapportierte dann über die Hausdurchsuchung und die sonstigen Abklärungen in der gemeinsamen Wohnung von Kristina Brand und Sandra Grossen. Vorträge zu halten war nicht seine Stärke. Obschon die Natur ihn für den Alltag mit einem flinken Mundwerk ausgestattet hatte, war die Art und Weise seiner Berichterstattungen meistens nicht viel faszinierender als der Summton eines Telefons. Auch heute war es nicht anders: Langatmig und in komplizierten Sätzen leierte er seinen Bericht herunter, wusste langweilige Nebensächlichkeiten nicht von wichtigen Punkten zu unterscheiden und kam endlich zum Ergebnis, dass man keine verwertbaren Hinweise gefunden habe.

Schwegler, der die kriminaltechnischen Untersuchungen in der Wohnung geleitet hatte, fügte hinzu, dass man sehr viel Material für die toxikologischen Untersuchungen beschlagnahmt habe. Diese würden jedoch noch einige Zeit in Anspruch nehmen.

«Habt ihr das Asthmaspray gefunden?», fragte Engel.

«Wir haben tatsächlich ein Ventolin-Spray gefunden, aber in versiegelter Originalverpackung. Wir werden es untersuchen, aber es handelt sich mit Sicherheit nicht um die Dose, von der du vorhin gesprochen hast.»

Nun war die Reihe am Kollegen der Regionalpolizei Berner Oberland. Er hatte die undankbare Aufgabe gehabt, Kristina Brands Mutter mitzuteilen, dass ihre Tochter möglicherweise Opfer eines Gewaltverbrechens geworden war. Offenbar war Gerber – so hiess der Oberländer Kollege – mit der Situation ziemlich überfordert gewesen; jedenfalls hatte er den Notarzt anfordern müssen, weil Brigitte Brand zusammengebrochen war, nachdem er ihr die Hiobsbotschaft übermittelt hatte. Besonders getroffen habe sie die Nachricht, dass ihre Tochter schwanger gewesen sei.

Immerhin hatte Gerber Kristinas persönliche Gegenstände sicherstellen können. Brigitte Brand hatte sie vom Inselspital mit nach Hause genommen: Kleider, Schuhe und eine Handtasche, in der sich im Wesentlichen ein Handy und ein kleiner Beutel mit Kosmetikartikeln, zwei Kopfschmerztabletten und zwei Kondomen befanden. «Kein Asthmaspray», fügte Gerber unaufgefordert hinzu. «Die Sachen habe ich heute Morgen Herrn Schwegler übergeben.»

«Und wie geht es der Mutter heute?», wollte Engel wissen.

«Das weiss ich nicht. Der Arzt hat ihr gestern etwas zur Beruhigung gespritzt und sie dann in die Obhut einer Nachbarin gegeben. Ich werde mich später nach ihr erkundigen.»

«Gut. Fragen?» Engel blickte in die Runde. «Wenn nicht, möchte ich das Wort jetzt Herrn Doktor Junker vom IRM übergeben, den einige von Ihnen ja bereits kennen.» Die letzten Worte richtete Engel an die Untersuchungsrichterin, die seinem Blick nicht standhalten konnte und begann, in ihren Unterlagen zu blättern. «Doktor Junker wird uns mehr über Rizin erzählen und versuchen zu begründen, wieso wir die beiden Todesfälle eingehend untersuchen sollten – trotz fehlender Beweise für ein Gewaltverbrechen. Bitte schön, Herr Doktor Junker.»

Junker begab sich zum Hellraumprojektor und legte seine erste Folie auf.

«Das ist ein blühender Ricinus communis! Eine wunderschöne, hochinteressante, aber, wie Sie bereits gehört haben, ausserordentlich giftige Pflanze.» Er liess die Folie ein paar Sekunden liegen.

«Kommissar Engel hat Ihnen schon einiges über das Gift erzählt. Ich will Sie nicht mit Wiederholungen langweilen, möchte Ihnen aber doch die eine oder andere Zusatzinformation zu diesem faszinierenden Thema vermitteln. Anschliessend stehe ich gerne für Fragen zur Verfügung.»

Junker legte die nächste Folie auf.

«Sie haben gehört, dass die Menge eines Salzkorns zur Tötung eines Erwachsenen genügt. Anders ausgedrückt: 1 Gramm Rizin reicht theoretisch aus, um 1000 Menschen umzubringen! Weltweit werden pro Jahr mehr als eine Million Tonnen Rizinussamen produziert und industriell zu Rizinusöl verarbeitet. Dabei fallen 550 000 Tonnen Pressrückstände an mit einem Rizingehalt von ungefähr fünf Prozent. Das heisst, aus den Pressrückständen liessen sich 27 500 Tonnen reines Rizin herstellen – eine Menge, mit der man theoretisch die gesamte Erdbevölkerung viertausendmal ausrotten könnte!»

Ein Raunen ging durch die Runde.

«Das Zeug ist also reichlich vorhanden!» Junker legte die nächste Folie auf. «Aber Gott sei Dank werden die Pressrückstände meistens anders verwendet: Durch Erwärmung

– 10 Minuten auf 80 Grad oder 60 Minuten auf 50 Grad – wird das Rizin zerstört, die Pressrückstände verlieren ihre Giftigkeit und das eiweissreiche Material kann gefahrlos als Düngemittel oder Viehfutter eingesetzt werden!»

Wieder legte er eine neue Folie auf. «Seit 1966 wurden in der Schweiz fünf tödliche Vergiftungen bei Hunden registriert. Kein einziger Todesfall bei Menschen.» Aus den Augenwinkeln registrierte Junker, dass Engel langsam tiefer in den Stuhl sank, um dem darunterliegenden Kojak den Kopf zu streicheln. «Ist doch irgendwie erstaunlich», fuhr Junker fort, «finden Sie nicht? Entweder gab es wirklich nicht mehr Fälle, oder, was wahrscheinlicher ist, sie wurden schlicht und einfach nicht erkannt. In Ländern, in denen Rizinusöl industriell hergestellt wird, kommen Vergiftungen sehr viel häufiger vor. Beispielsweise bei Menschen, die nach der Arbeit mit Pressrückständen essen oder rauchen, ohne sich vorher die Hände zu waschen. Irrtümliche Vergiftungen gibt es auch durch absichtliche oder unabsichtliche Einnahme der haselnussartig schmeckenden Rizinussamen. Kinder sind besonders gefährdet oder Erwachsene, die meinen, die Samen würden wie das Öl als Abführmittel wirken. Werden die Samen ganz verschluckt, bleibt dies vermutlich folgenlos. Aber wenn die Samenschale zerkaut oder zerbrochen wird, gelangt das Rizin in den Körper – und Bingo!

Naturvölker in Nepal verwenden Rizinussamen als Empfängnisverhütungsmittel. Die Frauen schlucken während ihrer fruchtbaren Tage täglich ein bis zwei Samen, um Schwangerschaften zu vermeiden. Eine Methode, die ich nicht unbedingt empfehlen würde.»

In diesem Moment öffnete sich spaltbreit die Tür des Sitzungszimmers. Teuscher linste herein. Sekunden später versuchte er möglichst unbemerkt in den Raum zu schleichen. Mit mässigem Erfolg, denn sämtliche Augenpaare waren auf ihn gerichtet, und Junker sah sich veranlasst, seinen Vortrag kurz zu unterbrechen.

«Ah, unser Hockeyspieler!», liess Engel mit breitem Grinsen verlauten. «Willkommen! Dort drüben ist noch ein Stuhl frei!»

Die ungewollte Aufmerksamkeit liess Teuscher erröten und forderte ihm ein säuerliches Lächeln ab, wodurch zwischen seinen immer noch geschwollenen Lippen eine Reihe leuchtend weisser Zähne zum Vorschein kam.

«Sorry. Die Sache hat ein wenig länger gedauert», meinte er gequält, aber messerscharf artikulierend, während er sich zum freien Stuhl begab.

Junker wartete, bis Teuscher Platz genommen hatte, bevor er mit seinen Ausführungen fortfuhr.

«Rizin kann entweder als wässrige Lösung oder als weisses Pulver vorliegen. Es ist geruch- und geschmacklos, das heisst, man merkt absolut nichts, wenn man es einnimmt oder inhaliert. Durch die intakte Haut wird reines Rizin kaum aufgenommen, aber bereits bei kleinsten Verletzungen kann es direkt in die Blutbahn gelangen. Ferner gibt es Hilfsstoffe wie beispielsweise Dimethylsulfoxyd, die auch das Durchdringen intakter Haut ermöglichen.

Der Nachweis von Rizin geschieht grundsätzlich mit kommerziell erhältlichen Schnelltests, aber bei Vergiftungen ist er oftmals sehr schwierig oder unmöglich, weil die Gewebe- und Flüssigkeitsproben der Opfer meist zu kleine Konzentrationen enthalten.»

Junker machte eine kurze Pause und blickte in die Runde. Kein unruhiges Herumrutschen auf den Stühlen, kein Gähnen, kein Scharren mit den Füssen – er hatte immer noch die volle Aufmerksamkeit des Publikums und legte die nächste Folie auf.

«Die weite Verbreitung der Rizinuspflanze und die einfache Aufbereitung des Giftes machen es zu einer potenziellen biologischen Waffe. Rizin gehört zum sogenannten ‹dirty dozen›, einer Gruppe von Erregern und Toxinen, für die nach Expertenmeinung eine besonders grosse Gefahr besteht, als Kampfstoff eingesetzt zu werden – insbesondere von Terroristen. Entsprechend ist es auch auf der Liste der verbotenen Stoffe des Chemiewaffenübereinkommens CWÜ aufgeführt.

Von den Alliierten war das Rizin unter dem Code-Namen ‹Agent W› bereits im Zweiten Weltkrieg bereitgestellt worden, aber es wurde nie eingesetzt. Und nach dem Golfkrieg fanden Inspektoren der UNSCOM im Irak 10 Liter konzentrierte Rizinlösung, bereit zum Abfüllen in 155-mm-Artilleriegeschosse.»

Junker nahm die letzte Folie vom Projektor und stellte das Gerät auf «Standby», worauf der helle Lichtschein an der Wand erlosch. «Das wäre alles.»

Einen Moment lang herrschte betretene Stille.

«Gut», ergriff Engel schliesslich das Wort. «Vielen Dank für die äusserst interessanten, aber leider auch ziemlich furchterregenden Ausführungen. Fragen?»

«Gibt es nach Vergiftungen mit Rizin auch Überlebenschancen?», wollte Untersuchungsrichterin Marti wissen.

«Ja, aber eigentlich nur bei Hautkontakten oder bei irrtümlicher Einnahme der Samen. Wohl kaum bei bewussten Vergiftungen. Die tödlichen Konzentrationen sind derart gering … aber wenn man die ersten fünf Tage überlebt, bestehen gute Chancen davonzukommen.»

«Wieso werden eigentlich solche Unmengen von Rizinusöl produziert?» Die Frage kam von Wagner. «Hat die Menschheit so viele Verdauungsprobleme?»

Junker und die übrigen Anwesenden mussten lachen. «Das wohl nicht gerade. Rizinusöl wird vorwiegend für technische Zwecke verwendet, zum Beispiel für die Herstellung von Anstrichmitteln. Es verbessert die Haftfähigkeit von Farben und Kunstharzen. Das Öl wird auch als Weichmacher in der Kunststoffindustrie eingesetzt und ist in Kosmetika enthalten. Die Benutzung als Abführmittel kann mengenmässig getrost vernachlässigt werden.»

Die nächste Frage stellte Staatsanwalt Bieri: «Im Hinblick auf das weitere Vorgehen würde ich von Ihnen gerne wissen, was Sie so sicher macht, dass wir es mit Rizinvergiftungen zu tun haben. Kämen nicht noch andere, eventuell doch natürliche Todesursachen in Frage?»

«Das Krankheitsbild lässt grundsätzlich an eine Vielzahl anderer möglicher Diagnosen denken, da gebe ich Ihnen durchaus recht.» Junker begann an den Fingern aufzuzählen: «Milzbrand, Lungentoxine, Phosgen, Q-Fieber, Staphylokokken-Enterotoxin B, Lungenpest, Salmonellose, Shigellose, Anthrax, Cholera, um nur die wichtigsten zu nennen. Die Liste ist lang! Aber alle diese Ursachen können wir aus verschiedenen Gründen praktisch mit Sicherheit ausschliessen. Beispielsweise hätten bakterielle Infektionen im Gegensatz zu Rizinvergiftungen auf die Antibiotikabehandlungen ansprechen müssen. Bei Anthrax hätten die Röntgenbilder der Lungen anders ausgesehen. Phosgen hat einen charakteristischen Geruch nach frischem Heu. Cholera und einige andere Krankheiten treten als Epidemien auf – und nur unter bestimmten Lebensbedingungen. Et cetera, et cetera …»

Bieri nickte verstehend und machte sich ein paar Notizen.

«Gibt es ein Gegengift?», fragte Schwegler.

«Nein. Und auch keine gezielte Therapie. Bei Einnahme hilft nur sofortiges Erbrechen beziehungsweise eine Magenspülung und allenfalls die Einnahme von Aktivkohle. Bei Hautkontakt sofortiges Abwaschen mit Wasser und Seife, oder noch besser: mit Javelwasser. Wenn das Zeug allerdings gespritzt oder inhaliert wird … tja … dann hilft wohl nur noch beten.»

«Und mit welchen Vorsichtsmassnahmen können wir uns schützen, falls wir von dem Mist finden?»

«Mit Handschuhen und Schutzmaske.»

Als keine weiteren Fragen gestellt wurden, ordnete Engel eine fünfminütige Pause an, liess die Fenster öffnen und verliess mit Kojak den Raum. Untersuchungsrichterin Marti und Staatsanwalt Bieri steckten die Köpfe zusammen und begannen leise zu diskutierten, während einige der Anwesenden aufstanden, um sich die Beine zu vertreten.

Gerber trat zu Wagner, der sich gerade mit Junker unterhielt, und schubste ihn plumpvertraulich mit dem Ellbogen an. «Hat Engel diesen dürren Köter eigentlich immer dabei?»

Wagner bedachte den rotwangigen Fleischertyp in Uniform mit einem missbilligenden Blick und schien darüber nachzudenken, ob er überhaupt antworten solle. «Dieser dürre Köter», hob er schliesslich in schulmeisterlichem Ton an, «heisst Kojak und ist ein ausgebildeter Polizeihund. Und ja, er hat ihn immer dabei.»

Gerber verzog das Gesicht zu einem geringschätzigen Grinsen. «Ein Polizeihund? Diese halbe Portion? Soll wohl ein Witz sein!»

«Keineswegs!», fuhr Wagner unbeirrt fort. «Kojak wird zwar nicht im Dienst eingesetzt, aber er ist ein regulär ausgebildeter Polizeihund. Und er nimmt an Turnieren und Shows unserer Hundestaffel teil, bei der Kommissar Engel früher als Ausbilder tätig war.» Und nach einer kurzen Pause fügt er leise hinzu: «Der Kleine ist hier ‹everybody's darling›, wenn Sie verstehen, was ich meine. Vielleicht sollten Sie das bei Ihrer Ausdrucksweise berücksichtigen – andernfalls dürfte es Ihnen schwer fallen, in diesem Haus Freunde zu finden.» Dann drehte er Gerber den Rücken zu, worauf der sich trollte.

Junker wartete einen Augenblick, dann hob er fragend die Augenbrauen.

«Wirklich wahr!», bestätigte Wagner in gespielt verschwörerischem Ton. «Vor einigen Jahren hat Engel die Ausbildertätigkeit bei der Hundestaffel aufgegeben, nachdem sein eigenes Tier gestorben war. Zuerst wollte er nichts mehr mit Vierbeinern zu tun haben, aber dann konnte er es doch nicht lassen – nicht nachdem seine Frau mit einem Primarlehrer durchgebrannt war. Er hat sich Kojak zugelegt, der ihn überallhin begleiten sollte. Die damaligen Chefs haben ihm jedoch nicht erlaubt, Kojak zur Arbeit und insbesondere ins Büro mitzunehmen, mit der Begründung, er sei kein Polizeihund. Engel entschloss sich kurzerhand, den Kleinen auszubilden und mit ihm die Prüfungen zu absolvieren. Er schaffte es tatsächlich, und als er seinen Vorgesetzten die Diplome auf den Tisch legte, mussten sie ihm zähneknirschend erlauben, Kojak mitzuführen.» Wagner begann zu grinsen. «Hier bei uns ist die kleine Geschichte ein offenes Geheimnis, aber der Oberländer Rohling braucht davon nichts zu wissen.»

In diesem Moment kehrte Engel mit Kojak zurück. Eine Minute später sassen alle wieder auf ihren Plätzen und Engel ergriff das Wort.

«Nach allem, was wir bis jetzt gehört haben, besteht also die Möglichkeit, dass wir es mit zwei heimtückischen Giftmorden zu tun haben. Nun stellt sich die Frage, ob wir der Sache weiter nachgehen. Ich persönlich bin der Meinung, dass wir die Angelegenheit verfolgen sollten – ab sofort und mit allen uns zur Verfügung stehenden Mitteln.»

«Gehe ich richtig in der Annahme, dass Sie uns im Moment noch nicht mehr über die Opfer sagen können?», fragte Bieri.

«Doch. Ein paar Dinge wissen wir.» Engel nickte Teuscher zu.

«Ich habe gestern Abend und heute Morgen versucht, mehr über die beiden in Erfahrung zu bringen.» Teuscher stand auf und begab sich mit einem dünnen Stapel Papiere zu einer grossen Pinnwand. «Viel ist es noch nicht, aber …»

Er pinnte die vergrösserte Kopie eines Passfotos an die Wand. «Das hier ist das zweite Opfer. Kristina Brand, 22-jährig, Medizinstudentin. Keine Geschwister. Sie wohnte zusammen mit Sandra Grossen, einer Freundin und Studienkollegin. Die Mutter lebt in der Nähe von Thun in einer Dreizimmerwohnung und arbeitet als Sachbearbeiterin bei einer Versicherungsgesellschaft. Sie, also die Mutter, war nie verheiratet, hat ihre Tochter allein grossgezogen. Jahreseinkommen knapp 60 000 Franken, ein geleaster Renault Twingo, kein Vermögen, dafür 16 000 Franken Kreditschulden bei der UBS. Kristina Brand hatte ein Stipendium des Kantons Bern.

Und das ist Robert Kramer, das erste Opfer. In Musikerkreisen auch Robbie ‹Magic› Kramer genannt, geboren am 24.6.1953.» Von ihm hatte Teuscher mehrere Fotografien. Sie zeigten einen hageren Mann, mittelgross, mit rotbraunen, seitlich gescheitelten, dünnen Haaren und grossen Geheimratsecken. Er trug eine feine Nickelbrille, hatte eine helle Haut und vorne an seinem dünnen Hals ragte ein prominenter Adamsapfel hervor. Die Bilder stammten aus dem Internet und zeigten Kramer in der Uniform der Hot Thin Roof Jazz Band.

«Robert Kramer war verheiratet mit der gleichaltrigen Lena, geborene Stauffer. Vater von zwei Söhnen: Robert junior, 25-jährig, und Roman, 22-jährig. Hauptberuflich war er Musikdozent an der Hochschule der Künste Bern. Daneben bestritt er ein Teilzeitpensum an der Swiss Jazz School, ebenfalls hier in Bern. Als Hobbys gibt oder gab er auf seiner Homepage Reisen, Lesen und Schachspielen an. Und er war Mitglied der örtlichen Schulkommission. Die Familie wohnt im Kirchenfeldquartier. Das Steuerregister habe ich noch nicht eingesehen, aber möglicherweise werden sich seine Vermögensverhältnisse ein wenig komplizierter darstellen als bei den Brands.»

«Immobilien-Kramer?», fuhr Bieri hoch.

«Möglicherweise. Aber wie gesagt … ich bin noch nicht so weit …»

«Könnte turbulent werden», fügte Bieri aufgeregt an, während er Daumen und Zeigefinger gegeneinanderrieb. «Der Familie gehört die halbe Berner Altstadt. Das müssen Sie umgehend klären.»

«Sonst noch was zu Kramer?», fragte Engel.

Teuscher schüttelte den Kopf. Er blickte kurz in die Runde und begab sich wieder an seinen Platz, während die übrigen Anwesenden stumm die Fotografien an der Pinnwand betrachteten.

«Auf den ersten Blick sehe ich nicht gerade viele Gemeinsamkeiten», stellte die Untersuchungsrichterin wenig später fest. «Ausser, dass beide nicht mehr leben und offenbar auf ähnliche Weise gestorben sind.»

«Sie haben recht», bestätigte Engel. «In jeder Hinsicht zwei völlig unterschiedliche Typen: Geschlecht, Alter, Herkunft, Aussehen, Beruf – und möglicherweise auch, was die finanzielle Schlagkraft betrifft.» Engel machte eine Pause. Sein Blick wanderte zwischen der Untersuchungsrichterin und dem Staatsanwalt hin und her. «Ich brauche von Ihnen eine Entscheidung. Gehen wir der Sache nach oder nicht?»

Bieri und Marti schauten sich an, dann steckten sie die Köpfe zusammen, beobachtet von den übrigen Sitzungsteilnehmern. Eine angespannte, fast feierliche Stille erfüllte den Raum, die nur kurz durch Kojaks trippelnde Schritte unterbrochen wurde, als der sich von Engels Stuhl weg in eine

Ecke begab. Dann begann Marti zu nicken und wandte sich Engel zu. Sie hob den Kopf, reckte ihr Kinn vor und sagte leise: «Also gut. Legen Sie los!»

## 7

Teuscher fand rasch heraus, dass Robert Kramer tatsächlich ein Spross des vor Jahren verstorbenen Gründers der gleichnamigen Immobilienfirma war. Roberts älterer Bruder Urs hatte nach dem Tod des Seniors die Unternehmungsführung übernommen. Robert selbst hatte in operativer Hinsicht nie etwas mit dem Familienbetrieb zu tun gehabt, als Erbe und Mitinhaber sass er jedoch bis zu seinem Tod im Verwaltungsrat. Entsprechend sah seine Steuerauskunft aus, die ihm ein zweistelliges Millionenvermögen bescheinigte. Dem Handelsregister entnahm Teuscher, dass es abgesehen von Robert und seinem Bruder noch eine Schwester gab, Sophie Guatelli-Kramer, die ebenfalls ein Verwaltungsratsmandat innehatte.

«Wir werden vorsichtig vorgehen müssen», meinte Engel, als Teuscher ihm am frühen Nachmittag Bericht erstattete. «Wenn wir es mit diesem Immobilien-Clan zu tun bekommen, bewegen wir uns auf sehr dünnem Parkett.»

«Eis», bemerkte Teuscher trocken.

«Was Eis?»

«Es heisst: auf dünnem Eis. Wir bewegen uns auf dünnem Eis. Oder auf glattem Parkett. Dünnes Parkett ist …»

«… ja, ja, schon gut! … Auf jeden Fall müssen wir unsere Schritte sehr sorgfältig planen und abwägen.»

«Wieso eigentlich? Die haben zwar mehr Kohle als andere, aber nicht mehr Rechte – oder sehe ich das falsch?»

«Ach, kommen Sie mir doch nicht mit dieser Klugscheisserei! Sie wissen genau, wie ich es meine.»

Teuscher schaute seinen Chef trotzig an, dann packte er seine Unterlagen zusammen und verliess wortlos das Büro.

Entgegen der sonst üblichen Vorgehensweise kontaktierte Engel Robert Kramers Witwe zunächst telefonisch. Behutsam versuchte er ihr zu eröffnen, dass möglicherweise neue Erkenntnisse zum Tod ihres Mannes vorliegen würden. Lena Kramer reagierte skeptisch und zurückhaltend, schien im Grunde genommen jedoch nicht überrascht.

«Ich habe von Anfang an gewusst, dass etwas nicht stimmt», sagte sie mit einem Hauch von Triumph, «aber bis jetzt wurden alle meine Befürchtungen in den Wind geschlagen. Was also können Sie für uns tun, Herr Engel?»

«Nun, zunächst muss ich betonen, dass wir nichts Konkretes haben. Aber es gibt Gründe – die ich Ihnen leider nicht am Telefon erläutern kann –, den Tod Ihres Mannes aus kriminalistischer Sicht zu untersuchen.»

«Aus kriminalistischer Sicht zu untersuchen … wie sich das anhört …» Lena Kramer machte eine Pause. «Tja, Sie sind zwar reichlich spät dran, Herr Kommissar, aber mir soll's recht sein.»

«Gut. Dann würden wir gerne bei Ihnen vorbeikommen.»

«Wann?»

«Eigentlich jetzt gleich.»

«Jetzt gleich? Das passt schlecht! Wie wäre es morgen Nachmittag? Oder übermorgen?»

Engel zögerte. Aber nur kurz. «Normalerweise kündigen wir unsere Besuche nicht vorher an – nicht bei derartigen Ermittlungen.»

«Das heisst, Sie kommen so oder so. Das wollen Sie mir damit doch sagen, oder? Haben Sie einen Durchsuchungsbefehl?»

«Ja. Tut mir leid, aber wir müssen …»

«Ja, ja, schon gut! Ist doch erstaunlich: Zuerst passiert monatelang gar nichts und dann ist es plötzlich eilig. Aber offensichtlich lassen Sie mir keine Wahl.» Lena Kramer seufzte tief. «Dann würde ich jetzt gerne unseren Anwalt anrufen.»

Kurz nach 14 Uhr trafen Engel und Teuscher im Kirchenfeldquartier ein, an der Jubiläumsstrasse, wo die Kramersche Villa stand. Als sie im Schritttempo in die grosszügig angelegte Garageneinfahrt einbogen, wurden sie bereits von Schwegler und Baumgartner erwartet.

Über einen akkurat geharkten, beidseitig von niedrigen Ziersträuchern gesäumten Kiesweg schritten die vier auf die Eingangstür zu. Das Knirschen unter den Sohlen schien ihr Kommen angekündigt zu haben, denn schon bevor sie den Eingang erreichten, wurde die Tür geöffnet und eine kleine, pummelige Frau mit grauer Pagenfrisur trat ihnen entgegen. Nach wenigen Schritten blieb sie stehen, stemmte die Hände in die Hüften und wartete mit ernster Miene, bis die Ankömmlinge sie erreicht hatten. Hinter ihr erschien ein argwöhnisch dreinblickender junger Mann mit zerzausten Haaren, barfüssig, in Jeans und T-Shirt. Er stemmte sich lässig in den Türrahmen.

Freudlos begrüsste Lena Kramer die Ankömmlinge, drehte ihnen dann den Rücken zu und ging zurück zur Tür, wo sich noch immer der junge Mann breitmachte. Engel und seine Kollegen folgten ihr.

«Mein Sohn Roman», stellte sie den Jüngling vor, ohne sich den Beamten zuzuwenden. Roman Kramers ganze Aufmachung, sein unrasiertes, zerknautschtes Gesicht mit den halb verklebten Augenlidern und die Bierstimme, mit der er die Ankömmlinge lustlos begrüsste, verrieten, dass er eben erst aufgestanden war. Widerstrebend gab der Langschläfer den Eingang frei und trottete allen voran ins Haus zurück, während er sich am Hintern kratzte und seiner Mutter zugrunzte, dass keine Milch mehr da sei.

Die Gruppe betrat einen mit Garderobeschränken und einer antiken Kommode ausstaffierten Eingangsbereich. Es roch deftig nach gebratenem Speck, und aus dem Raum, in welchem Roman Kramer soeben verschwunden war, hörte man das zum Geruch passende Brutzeln.

«Der Geruch einer Wohnung verrät einiges über dessen Bewohner», pflegte Engel jeweils zu sagen. «Die Zimmerordnung kann man rasch erstellen. Reine Fassade. Der Geruch hingegen ist charakteristisch. Er lässt auf Rauch- und Essgewohnheiten schliessen, auf die persönliche Hygiene oder die Haltung von Haustieren. Menschliche Ausdünstungen, Parfums, Reinigungsmittel, Lederbezüge, Stoffvorhänge, Teppiche – alles Faktoren, die diesen Geruch beeinflussen, der auch durch ausgiebiges Lüften nie ganz kaschiert werden kann. Aber man muss ihn mit den ersten Atemzügen wahrnehmen, in dem Moment, wo man die Wohnung betritt. Schon Sekunden später beginnt man sich daran zu gewöhnen, dann ist er nichts mehr Spezielles.»

Doch bei Kramers war im Moment nur Bratspeck zu riechen.

«Am besten gehen wir gleich ins Arbeitszimmer meines Mannes», schlug Lena Kramer vor, und die Männer, die sie alle um gut zwei Köpfe überragten, folgten ihr.

Robert Kramers Arbeitszimmer war gross. Man hätte darin eine Schulklasse unterrichten können. Eine chaotische Mischung aus Musikstudio und Büro. Die Wände waren grösstenteils hinter Regalen versteckt, die zahllose Bücher und Aktenordner trugen. An den wenigen freien Stellen hingen Plakate, Bilder und Fotografien, allesamt mit Musikmotiven. Vor einem der vier Fenster stand ein Schreibtisch vom Ausmass eines Billardtisches, übersät mit Notenblättern und einer bunten Vielfalt von Zeitschriften und Büchern. Dazwischen eingestreut allerlei Krimskrams und vier Fotorahmen mit Porträts freundlich lächelnder Menschen. Und ein kleines Notebook.

Die Mitte des Raums nahm ein schwarzer Flügel ein, auf dessen Lack sich eine hauchdünne Staubschicht abgelagert hatte. Ausserdem standen oder lagen noch weitere Musikinstrumente herum. Von einigen wusste Engel sogar, wie sie hiessen, andere hatte er noch nie gesehen – sie hätten auch von einem anderen Stern sein können.

«Guten Tag, meine Herren», röhrte es plötzlich aus der Ecke, wo eine wuchtige Ledersitzgruppe stand. Engel zuckte zusammen. Er hatte den Mann, der sich ächzend aus einem der tiefen Sessel hochstemmte, nicht bemerkt, da er mit dem Rücken zu ihnen gesessen hatte.

«Ramseier. Ich bin Frau Kramers Anwalt.»

Engel nannte seinen Namen und ergriff Ramseiers Pranke, in der Hoffnung, dass der nicht allzu fest zudrücken würde. Das Händeschütteln lief glimpflich ab und Engel stellte dem Anwalt seine Mitarbeiter vor. Lena Kramer nahm neben Ramseier Platz und hiess die Gruppe, sich hinzusetzen.

«Also Herr Engel», begann Ramseier ohne Umschweife. «Was haben Sie denn für Neuigkeiten?»

Engel schilderte zunächst die Ereignisse um Kristina Brands Tod und wies darauf hin, dass die Rechtsmediziner von einer Rizinvergiftung ausgingen.

«Eine aussergewöhnliche und sehr betrübliche Geschichte», brummte Ramseier. «Aber wo besteht der Zusammenhang zu Herrn Kramer?»

«Es ist gar nicht sicher, ob es überhaupt einen Zusammenhang gibt, aber … sehen Sie … die vom IRM meinen, dass Herr Kramers Symptome – und auch seine Autopsiebefunde – markante Ähnlichkeiten mit jenen von Kristina

Brand aufweisen. Und das wiederum könnte darauf hindeuten, dass …»

«… Herr Kramer auch mit Rizin vergiftet wurde?»

«Ja. Die Möglichkeit besteht.»

«Aber die Ärzte haben trotz intensiver Suche keine Vergiftung feststellen können.»

«Das stimmt. Und wahrscheinlich wird ihnen das auch nie gelingen. Wie man uns erklärt hat, ist Rizin nicht einfach nachzuweisen. Vor allem nicht bei geringen Konzentrationen.»

«Und jetzt?», fragte Lena Kramer mit betrübter Miene.

«Es gibt leider nur eine Möglichkeit: Wir müssen im Umfeld der Verstorbenen nach möglichen Giftquellen Ausschau halten. Die Untersuchungsrichterin hat entsprechende Hausdurchsuchungen angeordnet.»

Ramseier kämpfte sich erneut aus seinem Sessel hoch und begann nachdenklich den Raum abzuschreiten. Der Parkettboden knarzte unter seinen riesigen Schuhen, ein Geräusch, das Engel liebte – im Gegensatz zu den dumpfen Techno-Rhythmen, die aus einem der Nebenräume zu ihm drangen.

«Kommen derartige Vergiftungen mit diesem … äh … Rizin eigentlich öfter vor?», erkundigte sich Ramseier nach einer Weile.

«Nein. Jedenfalls nicht in der Schweiz. In den letzten vierzig Jahren musste man zwar fünf vergiftete Hunde beklagen, aber keine Menschen.»

Ramseier setzte sich wieder in Bewegung. «Zwei Fälle in den letzten vierzig Jahren … beide im Raum Bern und innerhalb von dreieinhalb Monaten … demnach muss man wohl tatsächlich davon ausgehen, dass irgendeine Verknüpfung besteht.»

«Eben», bekräftigte Engel mit einem Nicken, aber seine Aufmerksamkeit galt nicht mehr dem Anwalt, sondern einer

Gruppe von Gegenständen, die unter dem verstaubten Flügel standen: einem schwarzen Aktenkoffer, einem Rucksack und zwei Plastiksäcken mit der Aufschrift «Hotel Lenkerhof».

«Robbies Gepäck aus der Lenk», erklärte Lena Kramer, die bemerkt hatte, worauf sich Engels Interesse richtete. «Ich hatte noch nicht den Mut, die Sachen auszupacken.»

«Was ist eigentlich genau passiert dort oben? Was hat Ihr Mann gemacht an dem Tag, als er krank wurde?»

Lena Kramer zögerte und schluckte zwei Mal leer, bevor sie zu berichten begann: «Wir waren wegen der Jazztage da. Robbies Band hatte mehrere Auftritte geplant. Drei Tage vor dem fatalen Ereignis sind wir angereist und im Lenkerhof abgestiegen. An den ersten beiden Tagen haben wir kleinere Bergwanderungen unternommen. Es war sehr heiss, aber uns ... Robert ging es blendend. Abends haben wir jeweils die Konzerte besucht. Die Jungs selber waren am Dienstag das erste Mal an der Reihe. An diesem Morgen sind wir relativ lang liegen geblieben ... es war spät geworden am Vorabend. Nach dem Frühstück haben wir uns im Hotelpark und am Swimmingpool aufgehalten. Nachmittags um drei war die Bühnenprobe angesagt und mein Mann hat das Hotel gegen halb drei verlassen. Ich habe dort auf ihn gewartet. Gegen 18 Uhr ist er zurückgekommen, dann hat er geduscht und sich umgezogen.»

«Wie ging es ihm zu diesem Zeitpunkt? War irgendetwas aussergewöhnlich?»

«Nein ... ausser, dass er aufgeregt war ... im positiven Sinn.» Wieder schluckte sie leer. «Aber das war er eigentlich immer vor Konzerten. Er freute sich jedes Mal wie ein kleines Kind.»

«Er war wohl die ganze Zeit mit der Band zusammen? Am Nachmittag, meine ich, nachdem er das Hotel verlassen hatte.»

Lena Kramer zuckte mit den Schultern. «Wahrscheinlich. Ich nehme es jedenfalls an.»

«Könnte Ihr Mann an diesem Tag noch jemand anderen getroffen haben – ausser den Bandmitgliedern und Ihnen?»

«Mein Gott … das weiss ich doch nicht! Gut möglich. Man kennt sich an diesen Anlässen.»

«Und danach? Nachdem er sich umgezogen hatte?»

«Sind wir zusammen zum Dorfplatz gegangen. Zu Fuss. Um 20 Uhr hat das Konzert begonnen. Nach etwa einer halben Stunde hatte ich das erste Mal den Eindruck, dass mit ihm etwas nicht stimmt. Ich kann nicht einmal sagen, warum. Es war einfach so ein Gefühl. Dann zog plötzlich ein fürchterliches Gewitter auf und das Konzert musste unterbrochen werden. Während der Pause kam es im Publikum plötzlich zu einem Tumult … ich habe zunächst gar nicht realisiert, dass mein Mann der Auslöser war … und als ich schliesslich zu ihm gerufen wurde, beklagte er sich über heftiges Unwohlsein, Schmerzen im Mund und im Hals und über fürchterliche Bauchkrämpfe. Kurze Zeit später wurde er ins Krankenhaus eingeliefert.»

Ramseier hatte sich in der Zwischenzeit wieder hingesetzt und im Raum machte sich eine grosse Betroffenheit breit. Die Männer schwiegen, schauten verlegen umher und versuchten den Anblick von Lena Kramers mondförmigem Gesicht zu meiden, über dessen gerötete Wangen die Tränen kullerten.

«Sagt Ihnen der Name Kristina Brand etwas?», fuhr Engel schliesslich fort.

Sie dachte einen Moment nach, schüttelte dann den Kopf. «Eigentlich habe ich ein sehr gutes Namensgedächtnis, aber … nein, Kristina Brand sagt mir nichts.»

«Sehen Sie irgendwelche Verbindungen zwischen den Opfern – mal abgesehen von dem Gift?» Die Frage kam von Ramseier.

«Bis jetzt nicht», antwortete Engel und wandte sich wieder Ramseiers Klientin zu. «Hören Sie, Frau Kramer … wir haben ja noch keine Beweise, dass Ihr Mann tatsächlich vergiftet wurde, aber … hatte er Feinde?»

Die Witwe seufzte und liess sich im Sessel zurückfallen. Während sie den Blick zwischen Ramseier und den Polizisten hin und her wandern liess, schien sie sorgfältig ihre Antwort abzuwägen. «Ich glaube sagen zu dürfen, dass mein Mann allgemein sehr beliebt war», stellte sie mit leicht bebender Stimme fest. «Aber er hatte nicht nur Freunde.»

«An wen denken Sie?»

«Auf Anhieb kann ich Ihnen keine Namen nennen, aber mein Mann war wohlhabend und in seinem Beruf ziemlich erfolgreich. Beides ruft Neider hervor. Aber ob das reicht, jemanden auf so grausame Weise umzubringen?»

«Neid ist ein sehr starkes Motiv, Frau Kramer. Und im Fall Ihres Mannes kommt möglicherweise Habsucht hinzu.»

Ramseier wandte sich an Engel: «Jetzt wollen Sie sicher wissen, wer in finanzieller Hinsicht von Herrn Kramers Tod profitiert hat?»

«Das wäre hilfreich, ja.»

Ramseier blickte fragend zu Lena Kramer, die kurz nickte. «Nun, die Liste ist lang», gab der Anwalt vage an. «Haupterben waren natürlich Frau Kramer und die beiden Söhne. Aber Herr Kramer hat sich in seinem Testament gegenüber verschiedenen Personen und Organisationen grosszügig gezeigt. Ich werde Ihnen eine Liste zukommen lassen.»

«Sehr freundlich!» Engel schlug sich zufrieden auf die Schenkel. «Gut. Dann schlage ich vor, dass wir uns jetzt mal umsehen.»

Lena Kramer nickte. «Kann ich Sie einen Moment allein lassen? Ich möchte kurz mit meinem Sohn sprechen. Er weiss noch gar nicht, worum es hier geht.»

«Aber natürlich. Lassen Sie sich Zeit, wir fangen einfach mal an.»

Teuscher nahm das abgebrochene Streichholz aus dem Mund, mit dem er seit geraumer Zeit in seinen neuen Zähnen herumstocherte. «Wohnt Ihr älterer Sohn eigentlich auch hier?»

«Nein. Robert junior lebt in London. Aber er kehrt in wenigen Monaten in die Schweiz zurück und wird sich in Zürich niederlassen, wo er eine Filiale von Kramer-Immobilien eröffnen wird.»

«Als Angestellter Ihres Schwagers?»

«Wo denken Sie hin? Robert ist jetzt Teilhaber der Firma. Und im Gegensatz zu meinem Mann, der die operativen Belange meinem Schwager überlassen hat, will Robert die Geschicke der Firma als Partner mitbestimmen.»

«Verstehe», murmelte Teuscher und steckte das Streichholz wieder zwischen die Lippen. «Wie lange lebt er denn schon in London?»

«Ende Dezember sind es genau zwei Jahre.»

«Und wann war er das letzte Mal hier in der Schweiz?»

«In der Woche nach dem Tod meines Mannes.»

«Wann genau ist er angekommen?»

«Am 13. Juli. Einen Tag, bevor mein Mann starb», antwortete Lena Kramer mit zusammengekniffenen Augen, «aber ich fürchte, ich mag Ihre Fragen nicht, junger Mann!»

«Och, kein Grund zur Aufregung», versuchte Engel die aufkommenden Wogen zu glätten. Und mit einem strafenden Blick zu seinem Mitarbeiter fuhr er fort: «Herr Teuscher wird später einen Rapport machen müssen und da gehören solche Fragen einfach dazu.»

«Schon gut! Aber jetzt muss ich mit Roman reden!» Sie machte auf ihren Absätzen kehrt und trottete davon.

«Frau Kramer?», rief Engel ihr hinterher.

«Ja?»

«Ich würde mich nachher auch noch gern mit Ihrem Sohn unterhalten.»

## 8

«Sie wollen mich sprechen?»

Roman Kramer ging nicht mehr barfuss, als er eine Viertelstunde später vor Engel trat. Und er wirkte wacher als zuvor, was nach Engels Einschätzung daran liegen mochte, dass er in der Zwischenzeit gefrühstückt hatte. Oder es waren die Neuigkeiten um seinen Vater, die ihn aufgerüttelt hatten. Die Frisur machte auf Engel noch immer einen rebellischen Eindruck, aber der lustlose und gelangweilte Ausdruck war aus seinem Gesicht gewichen.

«Können wir uns irgendwo in Ruhe unterhalten?», fragte Engel und warf einen verstohlenen Blick auf Lena Kramer, die sich mit verschränkten Armen neben ihrem Sohn aufgebaut hatte.

«In meinem Zimmer», antwortete Kramer, drehte sich ohne ein weiteres Wort um und ging weg. Engel folgte ihm. Sie stiegen eine leicht gewundene Holztreppe hoch, bis in den Dachstock, wo sich Kramers Räumlichkeiten befanden: zwei durch eine geöffnete Schiebetür verbundene Zimmer, hell und freundlich eingerichtet, aber schrecklich unaufgeräumt, wie Engel fand. Roman entfernte ein paar Kleidungsstücke von einem knallroten Ledersack, den er Engel als Platz anbot. Er selber fläzte sich auf ein blaues Exemplar. Nachdem Engel den Sack einen Moment lang argwöhnisch betrachtet hatte, ging er zögerlich in die Hocke, und als er endlich in die unkonventionelle Sitzgelegenheit plumpste, gaben sowohl er wie auch der Sack ein gequältes Geräusch von sich.

Engel kam sich vor wie eine auf dem Rücken liegende Schildkröte. «Hat Ihre Mutter Ihnen erzählt, warum wir hier sind?», begann er, während er auf dem Sack hin und her rutschte, um es sich bequemer zu machen.

«Ja.» Kramer gab in wenigen Worten wieder, was er bereits erfahren hatte. Engel machte schliesslich die eine oder andere Ergänzung, sodass er sicher sein konnte, dass der junge Mann wusste, worum es ging.

«Und? Was halten Sie von der Sache?»

Kramer verzog den Mund und zuckte mit den Schultern.

Engel wartete vergeblich auf eine Antwort. «Sind Sie auch Musiker?», wollte er wissen und suchte aus seiner Schildkrötenperspektive das Zimmer nach Instrumenten ab.

«Nö. Jedenfalls nicht so wie Robbie. Ich zupfe zwischendurch mal die Laute. Aber in letzter Zeit nur noch selten.»

«Laute?»

«Gitarre.» Kramer spielte Luftgitarre und präzisierte: «Electro-Guitar.»

«Ach so … und mit ‹Robbie› meinen Sie Ihren Vater?»

«Natürlich.»

«Natürlich … Was machen Sie beruflich?»

«Ich studiere. Psychologie.»

Engel schürzte die Lippen und nickte. «Wie standen Sie zu Ihrem Vater … wie war das Verhältnis zwischen Ihnen?»

Kramer zögerte. «Er war okay. Wir hatten zwar unsere Probleme … haben uns oft gestritten … aber er war okay.»

«Wo waren Sie eigentlich, als die Sache in der Lenk passierte?»

«Hier.» Kramer machte eine ausladende Bewegung. «Mit ein paar Freunden. Wir haben uns an dem Abend einen Film reingezogen – und eine Tüte.»

Engel schaute ihn ausdruckslos an.

«Joint … Haschisch … Rauschgift», schob Kramer augenrollend nach.

Engel hob abwehrend die Hände. «Danke! Ich weiss, was eine Tüte ist ... aber ehrlich gesagt, interessiert es mich überhaupt nicht, ob und womit Sie sich zudröhnen. Was haben Sie tagsüber gemacht?»

Kramer musste nicht lange überlegen. «Das kann ich Ihnen genau sagen. Einen gottverdammten Sonnenbrand habe ich mir geholt, unten im Marzilibad. Ich sah aus wie der Sack, auf dem Sie gerade sitzen! Deshalb bin ich am Abend auch zu Hause geblieben, wollte mich nicht als gekochter Hummer unters Volk mischen.»

Engel stellte noch einige Fragen, die auf die Beziehung zwischen seiner Mutter und dem Vater zielten, und soweit er in Erfahrung bringen konnte, schien die Ehe einigermassen intakt gewesen zu sein – zumindest nach aussen. Auch das Verhältnis zwischen Romans Bruder und dem Vater sei «normal» gewesen, obschon die beiden eigentlich zwei gegensätzliche Typen gewesen seien. Auf der einen Seite der bisweilen chaotische Musiker, Künstler und Schöngeistler, wie Roman seinen Vater bezeichnete. Auf der anderen Seite der staubtrockene, pedantische Realist mit überentwickeltem Geschäftssinn, der eher die Charaktereigenschaften seines Onkels aufweise als die des Vaters.

«Ihr Bruder lebt in London, wie mir Ihre Mutter mitteilte?»

«Yep.»

«Und wo war er, als ... na ja ... Sie wissen schon ...»

«In Zürich», antwortete Kramer nach einem kurzen Zögern.

«Also ... » Engel versuchte sich aus seiner halb liegenden Position aufzurichten. «... damit keine Missverständnisse aufkommen: Ich spreche vom 12. Juli. Jenem Tag, an dem Ihr Vater krank wurde und Sie sich im Marzili den Sonnenbrand holten.»

«Ich auch. An diesem Tag war mein Bruder in Zürich.»

Ächzend kämpfte sich Engel aus dem Sitzsack hoch und strich seine Kleidung glatt. «Und Sie sind ganz sicher?»

«Hundert Pro!»

«Eine letzte Frage noch: Sagt Ihnen der Name Kristina Brand etwas?»

«Kristina Brand … Kristina Brand …» Kramer stand ebenfalls langsam auf. «Nö, sagt mir im Moment nichts. Die tote Medizinstudentin?»

«Ja», bestätigte Engel.

## 9

Die Kriminaltechniker hatten Robert Kramers persönliches Gepäck aus der Lenk sowie zahlreiche weitere Gegenstände beschlagnahmt und das Haus bereits verlassen. Engel und Teuscher, in dessen Mundwinkel noch immer das Streichholz hing, verabschiedeten sich ebenfalls und gingen zu ihrem Wagen.

«Sagen Sie mal, was pulen Sie eigentlich die ganze Zeit in Ihren Zähnen herum?», fragte Engel über das Dach des Wagens hinweg, bevor sie einstiegen. «Ist ja ekelhaft!»

«Entschuldigung», brummte Teuscher und warf das Streichholz weg. Im Wagen schnallte er sich an, liess die Scheibe herunter und steckte seinen Ellbogen aus dem Fenster. «In der Scheissprothese bleibt immer was hängen. Das halbe Mittagessen musste ich …»

«… Schon gut!» Engel hob abwehrend die Hand. «So genau will ich es gar nicht wissen.» Er startete den Motor und fuhr los. «Sollen wir unterwegs anhalten und eine Zahnbürste kaufen?», fragte er Minuten später, halb verärgert, halb belustigt.

Teuscher ignorierte die Provokation und starrte auf die Ampel, vor der sie standen. «Es ist Grün», meinte er nur.

Und dreihundert Meter weiter: «War Kramer eigentlich Prothesenträger?»

Es dauerte weitere fünfhundert Meter, bis Engel reagierte. Er bremste brüsk und steuerte hart an den Strassenrand. Als der Wagen zum Stillstand kam, schauten sich die beiden an.

«Verdammt noch mal ... Sie haben recht! Ich weiss es nicht.»

Die Reifen quietschten, als Engel das Fahrzeug Sekunden später wendete.

Kramer war in der Tat Prothesenträger gewesen, wie seine Frau den Beamten bestätigte, als sie wenig später wieder vor ihrer Tür standen. Genau genommen handelte es sich um eine Teilprothese, die an zwei Implantaten im rechten Oberkieferbereich befestigt gewesen war. Im Spital Zweisimmen, wo man den Erkrankten in ein künstliches Koma versetzt und mit einem Beatmungsschlauch versehen hatte, war der Zahnersatz entfernt worden. Lena Kramer hatte ihn in eine Tasche gepackt, die sie seither nie mehr hervorgeholt hatte.

Sie überreichte Engel einen kleinen, verschlossenen Plastikbeutel.

## 10

Während Engel und Teuscher bei den Kramers waren, versuchte Wagner mit Hilfe von Sandra Grossens Liste die übrigen Gäste der Geburtstagsfeier zu kontaktieren. Er kam recht gut voran, und bereits nach den ersten Telefonaten hatte er ein klares Bild von den Ereignissen an jenem Abend. Die Schilderungen der Beteiligten deckten sich mit Sandras Angaben und verschafften ihm keine neuen Erkenntnisse.

Anschliessend beschäftigte er sich mit den Namen der vier Studenten, die mit Kristina Brand an derselben Leiche gearbeitet hatten. Mit dieser Liste hatte Wagner mehr Mühe. Trotz mehrfacher Versuche konnte er nur eine Person erreichen, eine Studentin – und die gab an, an diesem Tag den Kurs geschwänzt zu haben.

Für den späten Nachmittag hatte er Brigitte Brand vorgeladen.

Engel kam gegen halb fünf zurück ins Büro. Bereits wenig später rief er die Untersuchungsrichterin an, um ihr über den Besuch bei Kramers zu berichten.

«Und vor wenigen Minuten habe ich das Fax von Frau Kramers Anwalt erhalten», fügte er am Ende hinzu. «Ich habe es noch nicht im Detail angeschaut, aber so viel steht fest: Der eine oder andere Hinterbliebene wurde ganz schön über Kramers Ableben hinweggetröstet.»

«Kann ich mir lebhaft vorstellen», antwortete Marti. «Auf jeden Fall haben wir schon mal ein paar Hinweise punkto Motiv. Machen Sie weiter, aber vorerst noch in gemässigtem Stil. Bevor wir die ganz grosse Mörderjagd lostreten, brauchen wir den Rizin-Nachweis.»

Engel erklärte sich einverstanden, da man vorerst sowieso mit Zeugenbefragungen ausgelastet sei. «Wir erwarten übrigens Kristina Brands Mutter bei uns, sie sollte nächstens eintreffen. Wollen Sie bei der Befragung dabei sein?»

Marti lehnte ab. Die beiden beendeten das Gespräch, wobei die Untersuchungsrichterin noch darauf hinwies, dass sie demnächst das versprochene Vermicelles einzufordern gedenke.

Kurz vor 17 Uhr wurde Brigitte Brand in Engels Büro geführt, wo auch Wagner und Teuscher schon warteten. Die Beamten begrüssten eine zierlich gebaute Person in dunkelblauem Kostüm, die zögernd und scheinbar voller Scheu den Raum betrat. Engel stellte sich und seine Mitarbeiter vor, sprach der Frau sein Beileid aus und bot ihr einen Platz an. In verschnupftem Ton bat sie darum, die Sonnenbrille aufbehalten zu dürfen, was Engel ihr gern gestattete.

Brigitte Brand war zunächst kaum in der Lage, die Fragen der Beamten zu beantworten. Immer wieder musste das Gespräch unterbrochen werden, weil sie von Weinkrämpfen heimgesucht wurde. Aber nach und nach wurde sie gefasster, ihre zittrige Stimme wurde fester und schliesslich konnte sie den Beamten doch ein einigermassen brauchbares Bild ihrer verstorbenen Tochter zeichnen – wenn auch nur aus der verklärten Sicht einer trauernden Mutter. Kristina sei ein lebensfroher Mensch gewesen, mit vielen positiven Charakterzügen: humorvoll, weltoffen, hilfsbereit, zielstrebig, intelligent. Und verantwortungsbewusst! Aber den Aussagen der Mutter konnten die Beamten auch entnehmen, dass die junge Frau von einem übermässigen, fast krankhaften Ehrgeiz und einem gewissen Geltungsdrang beseelt gewesen war. Weil sie ohne Vater aufgewachsen sei, wie Brigitte Brand vermutete. Aus diesem Grund, wegen des fehlenden Vaters, habe sie auch Probleme mit Beziehungen zu Männern gehabt. Gleichaltrige Jungs hätten sie nie interessiert, sie habe sich immer zu älteren Männern hingezogen gefühlt. Zu ihren Lehrern zum Beispiel oder zu den Vätern ihrer Schulkolleginnen und – Brigitte Brand sagte es zwar nicht so direkt, aber ihre Aussagen mussten dahin gehend interpretiert werden – zu einem ihrer Liebhaber. Mehrfach habe es wegen Kristinas Vorlieben Schwierigkeiten gegeben, einmal habe sie deswegen sogar die Schule wechseln müssen. Vor diesem Hintergrund sei auch die Tatsache, dass ihre Tochter schwanger war, besonders schwer zu ertragen. Und natürlich weil sie, die Mutter, nichts davon gewusst habe. Brigitte Brand versicherte den Beamten, dass sie keine

Ahnung habe, wer der Vater des Kindes sein könnte – aber sie gehe davon aus, dass es kein junger Mann sei.

Die Polizisten befragten sie auch nach Sandra Grossen. Genauer: nach deren Beziehung zu ihrer Tochter. Sie überlegte lange, bevor sie antwortete. Eigentlich sei sie immer der Ansicht gewesen, dass die beiden sehr eng befreundet waren. Manchmal habe sie sogar den Eindruck gehabt, dass mehr als Freundschaft dahinterstecke, insbesondere von Sandras Seite. Aber die Tatsache, dass Kristina die Schwangerschaft auch Sandra gegenüber nicht erwähnt habe, spreche wohl gegen eine enge Beziehung.

«Oder erst recht dafür», dachte Engel, behielt den Einwand aber für sich.

Nach vierzig Minuten war das Gespräch zu Ende, man verabschiedete sich und Teuscher begleitete die Frau aus dem Büro. «In fünf Minuten bin ich zurück», rief er Engel beim Hinausgehen zu.

«Was haltet ihr davon?», fragte Engel, nachdem Teuscher zurückgekehrt war.

«Na ja, eine verheimlichte Schwangerschaft und eine ausgeprägte Vorliebe für ältere Herren sind vielleicht nicht gerade alltäglich, aber sicher auch nicht *so* selten oder besonders prickelnd», fand Wagner.

«Ich finde eine 22-jährige hübsche Frau mit einer Vorliebe für ältere Männer durchaus etwas Seltenes», entgegnete Engel trocken. «Mir ist jedenfalls noch keine begegnet. Und ich könnte mir eine ganze Reihe von Dingen vorstellen, die wesentlich weniger ‹prickelnd› sind, wie Sie sich auszudrücken pflegen.»

Teuscher konnte sich ein Grinsen nicht verkneifen.

«Da gibt es nichts zu grinsen, Herr Kollege!», meinte Engel mit Pokerface. «Lassen Sie lieber etwas hören, was uns weiterhilft.»

«Speziell finde ich, dass sie sich an den Lover ihrer Mutter herangemacht hat – das ist nun wirklich nicht alltäglich. Aber die Mutter hat auch von ‹Geltungsdrang› und ‹Ehrgeiz› gesprochen. Das sind Eigenschaften, die einem nicht nur Freunde einbringen.»

«Das sehe ich auch so», stimmte Engel zu. «Haben Sie übrigens den Eindruck gehabt, dass die Grossen wie eine Lesbe aussieht?»

«Eigentlich nicht», brummte Teuscher.

«Ich auch nicht», pflichtete Wagner seinem Kollegen bei. Und in leicht gereiztem Ton fügte er hinzu: «Aber schliesslich läuft ja nicht jeder Homo mit einem ‹Ich bin schwul›-Plakat herum.»

«Ja, ja», beschwichtigte Engel und winkte ab. «War ja nur eine Frage.»

## 11

Am nächsten Morgen hatte Engel eben erst sein Büro betreten und den dampfenden Frühstückskaffee auf dem Schreibtisch abgestellt, als die Tür aufflog und Schwegler hereinstürmte.

«Bingo!», rief Schwegler, noch bevor Engel sich darüber ärgern konnte, dass der Kollege ohne anzuklopfen hereingeplatzt war. Verwundert starrte Engel auf das weisse Blatt, das Schwegler frohlockend über seinem Glatzkopf schwenkte.

Mit wenigen Schritten erreichte Schwegler den Schreibtisch und knallte das Papier so heftig auf die Tischplatte, dass Engels Kaffee überschwappte und Kojak sich winselnd in seine Ecke verzog.

«Es ist verdammt noch mal tatsächlich Rizin!», schrie er mehr, als dass er sprach.

Engel hob das Blatt langsam vom Tisch und massierte sich die Schläfe, während er las. Die Untersuchungsergebnisse stammten vom Labor Spiez, dem «Schweizerischen Fachinstitut für den Schutz vor atomaren, biologischen und chemischen Bedrohungen und Gefahren», das die Analysen im Auftrag des KTD beziehungsweise des Rechtsmedizinischen Instituts durchgeführt hatte.

«Die Zahnprothese!», konstatierte Engel leise und ballte die Faust zu einer Geste des Triumphs. «Wir müssen dem Typ, der Teuscher den Puck ins Gesicht hämmerte, unbedingt eine Tafel Schokolade spendieren.»

«Was willst du spendieren?», fragte Schwegler und drehte Engel sein hörendes Ohr zu.

«Eine Tafel Schokolade! Dem Typ, der Teuscher die Zähne ausgeschlagen hat.»

«Unbedingt!», stimmte Schwegler mit breitem Grinsen zu.

Engel warf einen Blick auf die Uhr. «Wie sieht es sonst aus punkto Resultate?»

«Negativ. Aber die sind noch lange nicht mit allem durch. Die Untersuchung der Prothese wurde vorgezogen.»

«Das Asthmaspray?»

«Sauber!»

«Schade. Ich hatte gehofft … aber was soll's … Hast du schon mit Junker gesprochen?»

«Sicher. Der ist natürlich ganz aus dem Häuschen. Ich habe mir übrigens erlaubt, ihn darauf hinzuweisen, dass wir heute Morgen eine Lagebesprechung haben. Er wird auch kommen.»

«Sehr gut!» Engel konsultierte wieder seine Uhr. «Noch eine halbe Stunde. Dann will ich mal unsere Untersuchungsrichterin überraschen! Unter den gegebenen Umständen wird sie sicher auch an der Besprechung teilnehmen wollen.»

«Okay. Dann bis gleich.» Schwegler wandte sich zum Gehen.

«Bis gleich … äh, Hanspeter!»

«Ja?»

«Könntest du im Vorbeigehen Teuscher und Wagner Bescheid geben?»

«Mach ich!»

«Und sie sollen sofort abklären, ob Kristina Brand auch einen Zahnersatz trug.»

«Das habe ich Junker schon gefragt. Sie hatte keinen!»

Die Besprechung dauerte schon eine geschlagene Stunde. Staatsanwalt Bieri, der von der Untersuchungsrichterin über den Rizin-Nachweis informiert worden war, hatte es sich nicht nehmen lassen, ebenfalls zu erscheinen. Allerdings mit einer viertelstündigen Verspätung, wodurch das Ganze in die Länge gezogen wurde, weil man für ihn bereits Gesagtes noch einmal wiederholen musste.

Nachdem die Teilnehmer alle relevanten Informationen ausgetauscht hatten, begannen die Diskussionen und Spekulationen über Mordmotive, mögliche Täter und Querverbindungen. Im Fall Kramer drängten sich dessen aussergewöhnliche Vermögensverhältnisse als Motiv auf, bei Kristina Brand hingegen schien die Situation weniger offensichtlich. Eine verheimlichte Schwangerschaft, die Vorliebe für ältere Männer und ein paar schwierige Charakterzüge waren nichts Zwingendes.

Heftig zu diskutieren gaben die widersprüchlichen Angaben zum Aufenthaltsort von Robert Kramer junior für den Tag, an dem der Senior vergiftet worden war. Bieri ortete hier einen «dringenden Klärungsbedarf», worauf Engel sich artig bedankte und meinte, dass er selber nie darauf gekommen wäre.

Am schwierigsten aber schien es, die Frage nach möglichen Querverbindungen zu beantworten. Das ganze Team hatte zwar schon intensiv ermittelt, aber bisher gab es noch keinen einzigen Hinweis darauf, welcher Umstand Kramer und Kristina Brand zu Opfern des gleichen Täters gemacht haben könnte.

Marti warf die Frage auf, ob Kramer nicht der Vater von Kristinas ungeborenem Kind sein könnte. Aber wenn Junkers Angaben über das Alter des Fötus stimmten – und davon ging man eigentlich aus –, kam Kramer knapp nicht als Erzeuger in Frage. Zum Zeitpunkt der Empfängnis war er seit rund einer Woche tot. Man einigte sich jedoch darauf, trotzdem einen DNA-Vergleich zu machen.

Engel schlug vor, den Schwerpunkt der Ermittlungen vorerst auf den Fall Kramer zu legen. Und zwar auf dessen allerengstes Umfeld. «Wir müssen davon ausgehen, dass der Mörder oder die Mörderin das Opfer sehr gut gekannt hatte», zeigte er sich überzeugt.

«Wieso meinen Sie?», wollte Bieri wissen.

Engel zögerte kurz, bevor er eine Gegenfrage stellte: «Sind Sie Prothesenträger?»

Bieri lief rot an und schaute wie ein in die Enge getriebenes Tier in die Runde. «Nun … äh … ich glaube nicht, dass Sie das etwas angeht …»

«Sie haben recht. Ich ziehe die Frage zurück. Aber stellen Sie sich vor, Sie wären Prothesenträger. Wer würde davon wissen? Und wer hätte Zugang zu dem Ding?»

Bieri zuckte mit den Schultern. «Mein Zahnarzt … und der Zahntechniker.»

«Ihre Frau?», ergänzte Engel.

«Ich bin geschieden.»

«Okay, aber mal angenommen …»

«Meine Frau würde es wohl wissen. Früher oder später.»

«Und ihre Kinder?»

«Ich habe keine …» Bieri unterbrach sich selbst und hob beschwichtigend die Hände. «… alles klar … doch, ich denke, die Kinder würden es auch wissen.»

«Und sonst? Freunde? Bekannte? Berufskollegen?» Engel machte eine Pause. «Ihre Geliebte?»

Ein Schmunzeln ging durch die Runde, wie «La Ola» in einem Fussballstadion. Bieri setzte eine trotzige Miene auf und blieb die Antwort schuldig.

«Verstehen Sie jetzt, was ich meine?», fuhr Engel mit erhobenem Zeigefinger fort. «Und deshalb glaube ich, dass nur jemand aus Kramers engstem Umfeld das Wissen und die Möglichkeit hatte, die Prothese mit Rizin zu präparieren.»

Als Engel sich Beifall heischend umsah, bemerkte er, dass Junker leicht den Kopf hin und her wiegte. «Sie stimmen nicht mit mir überein, Doktor Junker?»

«Doch, doch! … Das heisst … nicht ganz! Sie haben vollkommen recht mit allem, was Sie sagen, aber …»

«Aber?»

«Möglicherweise gehen Sie von einer falschen Annahme aus.»

«Nämlich?»

«Dass man Kramers Prothese mit Rizin präpariert hat.»

«Davon gehe ich allerdings aus, ja.»

«Nun, das könnte durchaus zutreffen. Aber genau genommen wissen wir es nicht. Herr Teuschers Zahnersatz wurde ja auch nicht mit Spinat oder was weiss ich präpariert – das Zeug blieb einfach darin hängen.»

Plötzlich herrschte Totenstille. Dann prustete Bieri los. Engel warf resigniert den Kugelschreiber vor sich auf den Tisch und lehnte sich zurück.

«Also, wonach sieht es denn Ihrer Meinung nach aus, Herr Doktor Junker?» Die Frage kam von der Untersuchungsrichterin, und ausser Engel schien niemandem der Hauch von Röte aufzufallen, der ihr ins Gesicht stieg.

«Die Rizinmenge, die wir an der Prothese gefunden haben, ist vergleichsweise hoch», antwortete Junker, den

Blickkontakt zu Marti meidend. «Eine mehrfach tödliche Dosis. Das lässt den Schluss zu, dass das Gift tatsächlich direkt in den Mund eingebracht wurde. Entweder mit der Prothese, wie Kommissar Engel vermutet, vielleicht aber auch auf eine andere Weise. Mit der Zahnpasta, der Zahnbürste, dem Mundwasser ... etwas in der Art. Auf Grund der Symptome und des Krankheitsverlaufs glaube ich nicht, dass das Gift einem Nahrungsmittel oder einem Getränk beigemischt war. Und es wurde auch nicht inhaliert.»

«Also ist der Kreis der möglichen Täter nicht ganz so klein, wie Herr Engel gehofft hat, aber wahrscheinlich auch nicht so gross, dass jedermann in Frage käme?», folgerte Marti.

«Genau», bestätigte Junker. «Vermutlich war es jemand, der das Opfer recht gut gekannt hat. Aber er oder sie muss nicht zwingend direkten Zugang zu Kramers Prothese gehabt haben.»

«Was wiederum bedeutet, dass wir vorerst doch noch etwas breiter ermitteln sollten», ergänzte Marti nachdenklich.

«Natürlich! Und der Fall Brand wird auf keinen Fall vernachlässigt», schob der Kugelblitz mit einer resoluten Geste nach.

Alle Augenpaare richteten sich auf Engel, der mit den Fingerkuppen auf den Tisch trommelte und seinen grimmigen Blick zwischen Bieri und Marti hin und her schweifen liess.

«Wie Sie wünschen», sagte er plötzlich. «Wes Brot ich ess, des Lied ich sing ... Der KTD und Sie, Herr Doktor Junker – ihr sucht weiter nach der Giftquelle. Und wir ermitteln in der Zwischenzeit schön breit weiter. Je nach Verlauf und je nachdem, was die Laboruntersuchungen ergeben, werden wir unser Vorgehen anpassen.»

Damit erklärten sich alle einverstanden. Es wurden konkrete Aufträge verteilt und Engel schloss die Sitzung mit einem knappen «Danke, das wäre alles». Er stand auf, schnappte sich seinen Notizblock und stampfte zum Ausgang. «Teuscher und Wagner!», rief er beim Hinausgehen. «Zu mir ins Büro! Sofort!»

Die beiden schauten sich betreten an. «Na toll», brummte Teuscher und rümpfte die Nase.

«Wir lassen uns von dem kleinen, dicken Sesselfurzer und dieser … dieser Richter-Tussi nicht vorschreiben, wie wir unsere Ermittlungen zu führen haben.» Engel sprach den Satz so leise, dass Teuscher und Wagner ihn kaum hörten. Es war kein gutes Zeichen, wenn der Alte leise wurde, weshalb sie es vorzogen, zunächst mal den Mund zu halten und abzuwarten. Fast eine Minute lang geschah nichts, ausser dass Engel fortwährend Kojak streichelte, den er zu sich auf den Schoss gehoben hatte – eine Geste, die auch nicht besonders verheissungsvoll war.

«Wir machen es exakt so, wie ich zuerst gesagt habe», fuhr Engel schliesslich fort und stellte Kojak sanft auf den Boden. «Wir konzentrieren uns auf die Kramers: die Frau, die Söhne – und meinetwegen noch auf die Band.»

«Aber Chef …»

«Nichts aber!», raunzte Engel. «Wir müssen der Spur nachgehen, die am meisten Erfolg verspricht. Wir haben nicht genug Personal, um alles gleichzeitig anzugehen. Wenn Sie sich unbedingt noch um andere Dinge kümmern wollen, können Sie dies gerne tun – in Ihrer Freizeit. Und jetzt an die Arbeit!»

## 12

Am Morgen des 3. November tauchte Reto Bucher im Anatomischen Institut auf, einer der Studenten, die Wagner bisher vergeblich zu kontaktieren versucht hatte.

Der Kursleiter fing ihn beim Betreten des Seziersaals ab und informierte ihn darüber, was seiner Kommilitonin zugestossen war – und dass die Polizei schon mehrfach nach ihm gefragt habe.

«Scheisse», stöhnte Bucher, bevor die Farbe aus seinem Gesicht wich. Der Kursleiter führte ihn rasch zu einem Stuhl, gerade noch rechtzeitig, um zu verhindern, dass der Jüngling mit seinen durchtrainierten achtzig Kilogramm zu Boden sank.

«Professor Müller will Sie in seinem Büro sprechen», teilte der Kursleiter ihm mit, nachdem die Farbe wieder in sein Gesicht zurückgekehrt war.

Fünf Minuten später sass Bucher in Müllers Büro.

«Sie wissen von der Sache mit Ihrer Kommilitonin?», fragte Müller.

Bucher nickte. «Ich habe es eben erfahren.»

«Die Polizei will Sie sprechen. Die wollen wissen, ob an dem Tag etwas Aussergewöhnliches passiert ist.»

«Nichts ist passiert», stellte Bucher mit einem Schulterzucken fest.

«Worin bestand Ihre Arbeit an diesem Tag?»

«Präparationsübungen.»

«Davon gehe ich aus, Herr Kollege. Aber ich meine: Worin *genau* bestand Ihre Arbeit? Welche Region haben Sie präpariert? Welche Strukturen?»

«Nun ... die Gesässregion. Frau Brand die rechte, ich die linke. Zuerst haben wir die Haut ...»

«Regio glutea!», unterbrach ihn Müller mit vorwurfsvollem Blick. «Regio glutea dextra und regio glutea sinistra. Und die Haut nennen wir ‹cutis›. Wir wollen korrekt bleiben. Fahren Sie fort!»

«Entschuldigung. Also, wir haben zunächst die cutis der regio glutea wegpräpariert ... Frau Brand dextra, ich sinistra, dann haben wir nach den oberflächlichen Nerven ... äh ... nervi superificiales gesucht, als Kristina etwas fand, das aussah wie eine winzige Kugel ... ich weiss im Moment nicht, was ‹winzige Kugel› auf Lateinisch heisst ...»

«Was?»

«Tut mir leid. Ich hatte in der Schule kein Latein ...»

«Unsinn! Das meine ich nicht. Eine Kugel hat sie gefunden?»

«Ja. Sah zumindest so aus.»

«Wie genau?»

«Wie eine Erbse. Aber braun. Ungefähr 4 bis 5 Millimeter Durchmesser.»

«Und wo ist diese ... diese braune Erbse geblieben?», fragte Müller in strengem Ton.

«Ich weiss es nicht. Wir haben sie uns angeschaut und dann beiseitegelegt. Wahrscheinlich hat Frau Brand sie weggeworfen.»

«Hat sie das Ding angefasst?»

«Nur kurz. Und natürlich nur mit Handschuhen – so, wie ich übrigens auch.»

Mit einem tiefen Seufzer griff Müller zum Telefon. «Und Sie finden das normal», konstatierte Müller mit einem Kopfschütteln, während er die Nummer der Polizei eintippte. «Eine Kugel im Hintern einer Leiche! Nichts Aussergewöhnliches, hä?»

Unter Kristina Brands Sachen hatte man nichts entdeckt, was Ähnlichkeit mit einer kleinen Kugel oder einer braunen Erbse gehabt hätte. Die Beamten des kriminaltechnischen Dienstes hatten deshalb zum zweiten Mal den Spind Nummer 15 im Anatomischen Institut untersucht – wiederum erfolglos.

Jetzt standen sie zusammen mit Engel, Junker und Professor Müller bei der Leiche, aus der Kristina diese Kugel

– oder was immer es war – befördert hatte. Sechs Personen! Und alle starrten schweigend auf das, was vor ihnen auf dem Tisch lag. Engel hielt sich ein Taschentuch vors Gesicht, um sich vor dem durchdringenden Geruch zu schützen.

«Und jetzt?», ertönte es dumpf durch das Taschentuch.

«Ich fürchte, wir werden die Leiche zu uns ins Institut überführen und genau untersuchen müssen», liess Junker mit wenig Begeisterung verlauten. «Vielleicht liegt das Ding ja noch irgendwo zwischen diesen Geweberesten. Oder es gibt mehrere davon … an anderen Stellen.»

«Aber so, wie ich das sehe, gibt es nicht mehr so viele ‹andere Stellen›», wandte Engel ein. «Mir scheint, dass ein Grossteil der Leiche bereits … wie soll ich es formulieren? … abgebaut und entsorgt wurde.» Seine von den Formalindämpfen geröteten Augen blickten zwischen Junker und Müller hin und her.

«Abgebaut vielleicht», meinte der Professor, «aber sicher nicht entsorgt.» Er drehte den Kopf zur Seite und sein Blick blieb an einer mit einem Holzdeckel bedeckten, blauen Kunststofftonne am Fuss des Seziertisches hängen.

Engel sah, worauf sich Müllers Aufmerksamkeit richtete, und betrachtete ebenfalls die Tonne. Dann schaute er sich nachdenklich im Saal um. Bei jedem Seziertisch stand eines dieser Gefässe. «Es kommt also alles da rein», konstatierte er schliesslich mit einem verstehenden Nicken.

«Ja.»

«Und in die anderen …?»

«Ein Gefäss pro Leiche», präzisierte Müller mit erhobenem Zeigefinger. «Es ist strengstens verboten, irgendwelches Material in das Gefäss einer anderen Leiche zu geben. Zuwiderhandlungen werden mit dem Ausschluss vom Anatomie-Kurs bestraft, was für den Betroffenen das Ende des Medizinstudiums bedeuten würde.»

«Hoppla!»

«Tja, Herr Engel, eine Frage der Ethik! Und des Respekts gegenüber den Menschen, die sich für das hier zur Verfügung stellen! In diesem Punkt sind wir sehr streng.»

«Verstehe», sagte Engel und dachte, dass es ihm – falls er auf einem dieser Tische liegen würde – wahrscheinlich egal wäre, in welcher Tonne seine Überbleibsel landen würden. Oder ob ein paar fremde Schnipsel sich zu den seinen gesellen würden.

«Alles, was von dieser Leiche stammt – und nur was von dieser Leiche stammt –, finden Sie in diesem Behälter!», stellte Müller unmissverständlich fest.

«Das vereinfacht die Suche», meinte Junker trocken. Er hob den Holzdeckel von der Tonne, warf einen flüchtigen Blick hinein und legte den Deckel wieder zurück. «Na ja … wenigstens ein bisschen.»

Während Stunden wühlten sich Junkers Mitarbeiter durch den Inhalt der Kunststofftonne. Dann wurden sie endlich fündig.

«Tatsächlich?», rief Junker ungläubig und nahm schlagartig die Füsse vom Tisch, als er den Anruf erhielt. «Ich bin sofort bei euch!»

Er knallte den Hörer hin, verliess fluchtartig sein Büro und eilte mit wehender Schürze durch die Gänge des Instituts. Um ins untere Stockwerk zu gelangen, benutzte er das Treppenhaus, immer zwei Stufen zusammen nehmend. Sekunden später stürzte er in den Raum, in dem sich seine Mitarbeiter befanden. Die drei anwesenden Personen standen um einen Tisch gruppiert, waren in Schutzanzüge gekleidet und trugen Gesichtsmasken. Junker schnappte sich ebenfalls eine Maske und zog Handschuhe über, bevor er zu ihnen trat.

Auf einem weissen Papier lag eine kleine, braune Kugel, die genau so aussah, wie der junge Bucher sie beschrieben hatte – mit einem kleinen Unterschied: Sie war in der Mitte aufgeschnitten! Und innen war sie hohl.

## 13

«Eine Markov-Kugel!», stöhnte Professor Oechslin und liess sich schwer in den Stuhl fallen.

Seine Hände zitterten, als er am Morgen des 4. November die Hochglanzfotografien betrachtete, die das Labor Spiez zusammen mit dem Untersuchungsbericht geliefert hatte. Die Bilder zeigten verschiedene Vergrösserungen von dem braunen, kleinen Gegenstand, den man zwischen den Überresten der Anatomie-Leiche gefunden hatte. Die Untersuchung hatte ergeben, dass es sich um eine gewöhnliche Gelatinekapsel handelte, wie sie von der Pharmaindustrie zur Herstellung von Medikamenten verwendet wird. Aber die Kapsel hatte definitiv keine Medikamente enthalten, sondern Rizinpulver.

«Wie haben Sie das Ding vorhin genannt?», fragte Junker.

«Mar-kov-Ku-gel.»

Junker hob fragend die Augenbrauen.

«Sagt Ihnen wohl nichts?»

Junker schüttelte den Kopf.

«Vielleicht haben Sie schon mal vom sogenannten ‹Regenschirmmord› gehört?»

«Hm … eigentlich nicht.»

«Nun, ist ja auch schon eine Weile her», zeigte sich Oechslin versöhnlich. «Am 7. September 1978, um ganz genau zu sein. Ich weilte zu dieser Zeit als Gastdozent in London. Habe ich nie davon erzählt?»

Wieder schüttelte Junker den Kopf.

«Georgi Markov war ein bulgarischer Schriftsteller und Dissident, der zur damaligen Zeit in London im Exil lebte. Er war für den britischen Nachrichtendienst als Journalist tätig. Am 7. September 1978 wartete der Mann an der Waterloo Bridge auf einen Bus, als er plötzlich einen Stich in der linken Wade spürte. Scheinbar zufällig war er von einer Regenschirmspitze verletzt worden. Am gleichen Abend bekam er Fieber und erlitt einen schweren Blutdruckabfall. Vier Tage später starb er an Herzversagen.»

«Rizinvergiftung?»

Oechslin nickte.

«Und wie ist man draufgekommen?»

«Ha! Zunächst überhaupt nicht!», rief Oechslin mit erhobenem Zeigefinger. «Die behandelnden Ärzte tappten vollkommen im Dunkeln. Erst nach Markovs Tod haben wir Rechtsmediziner – praktisch durch Zufall – die Todesursache gefunden. Wir hatten eine Gewebeprobe von der verfärbten Einstichstelle an Markovs Wade entnommen, und darin fanden wir ein ungefähr 1,5 Millimeter grosses, hohles Platinkügelchen, welches dem Opfer offenbar mit einer speziell präparierten Regenschirmspitze injiziert worden war. Das unscheinbare Teilchen wies zwei winzige Löcher auf – und es enthielt ungefähr 500 Mikrogramm Rizin. Durch die Löcher hatte das Gift kontinuierlich ins Muskelgewebe des Opfers gelangen können.»

«Die reinste Agentenstory!»

«Buchstäblich, ja. Als Attentäter verdächtigte man nämlich einen Agenten des bulgarischen Geheimdienstes. Aber er wurde nie gefasst. Und Gerüchten zufolge soll auch der KGB, der damalige sowjetische Geheimdienst, die Finger im Spiel gehabt haben.»

«Faszinierend – wenn ich so sagen darf.»

«Sie dürfen, Kollege Junker, Sie dürfen! Es war tatsächlich faszinierend – aus rechtsmedizinischer Sicht natürlich. Kalter Krieg pur! Und diese perfide Stichtechnik wurde

Ende der Siebziger- und Anfang der Achtzigerjahre in weiteren Fällen eingesetzt. Ich erinnere mich an einen anderen Exil-Bulgaren, Kostov hiess er, glaube ich. Er las in der Zeitung von Markovs Tod und erinnerte sich an eine punktförmige Wunde, die er sich an einer Metro-Station in Paris zugezogen hatte. Auch er hatte danach hohes Fieber bekommen, sich aber nach vier Tagen wieder erholt. Kostov nahm mit den britischen Behörden Kontakt auf, und anlässlich einer Röntgenuntersuchung wurde bei ihm eine ähnliche Kugel entdeckt, die ebenfalls Rizin enthielt. Sie steckte aber nicht im Muskelgewebe, sondern im Fettgewebe, welches die winzigen Löcher der Kugel irgendwie verstopft hatte, sodass das Gift nicht richtig hatte austreten können. Der Mann hatte unglaubliches Glück gehabt!

Ähnlich erging es einem gewissen Boris Korczak, einem Doppelagenten der CIA. Ihn hatte es bei einem Einkaufsbummel in Virginia erwischt. Er spürte einen vermeintlichen Mückenstich, kurz darauf bekam er Fieber und Herzrhythmusstörungen. Zwei Tage später konnte er aus der Einstichstelle eine kleine Metallkugel entfernen, in der man ebenfalls Rizin fand.»

Einen Moment lang sassen beide schweigend da.

«Tja, und jetzt das hier!» Junker zeigte auf die Bilder, die Oechslin vor sich auf den Schreibtisch gelegt hatte. «Aber wenigstens können wir davon ausgehen, dass wir es nicht mit irgendwelchen Geheimdiensten oder Doppelagenten zu tun haben, oder?»

«Wohl kaum!», stimmte Oechslin zu. «Aber mit einem besonders heimtückischen Mörder.»

«Oder einer Mörderin», warf Junker ein. «In der Kriminalgeschichte sind Giftmorde ja eigentlich die Domäne des weiblichen Geschlechts.»

«Richtig. Aber darüber brauchen wir uns Gott sei Dank nicht den Kopf zu zerbrechen. Den Mörder oder die Mörderin zu finden ist Aufgabe der Polizei. Und die sollten Sie jetzt unverzüglich benachrichtigen.»

Die Rizinkapsel oder «Markov-Kugel», wie Oechslin sie nannte, war in doppelter Hinsicht eine wertvolle Entdeckung. Erstens hatte man nun den Beweis, dass auch Kristina Brand an einer Rizinvergiftung gestorben war. Wahrscheinlich hatte sie die Kapsel in einem unbeobachteten Moment aufgeschnitten und das Pulver unbeabsichtigt inhaliert oder sonst irgendwie eingenommen. Zweitens war klar, dass Kristina Brand nicht das eigentliche Ziel des Giftanschlages gewesen war. Sie war zufällig auf die Kapsel gestossen. Im ersten Moment hatte Engel noch Zweifel an Buchers Aussage geäussert, wonach das Opfer die Kapsel im Hintern der Anatomie-Leiche gefunden habe. «Das ist doch idiotisch und absolut unglaubwürdig», hatte er gemeint und damit den jungen Bucher ins Zentrum der Verdächtigungen gerückt. Aber als Engel von Markovs aussergewöhnlichem Schicksal erfuhr, musste er eingestehen, dass Buchers Darstellung keineswegs unrealistisch war. Man hatte es in gewisser Weise mit einer Nachahmungstat zu tun – und Kristina Brand war nur ein Zufallsopfer. Der Mensch, in dessen konservierten Überresten sie die Kapsel gefunden hatte, war das eigentliche Ziel des Giftanschlags gewesen.

Das führte natürlich zur Frage nach der Identität des Leichnams, bei dem es sich gemäss Junker um einen Mann handelte. Wo, wann und unter welchen Umständen war er gestorben?

«Im Moment wissen wir noch nichts», gab Junker auf Engels Frage an. «Und schon gar nicht, woran er gestorben ist.»

«Das verstehe ich nicht», meinte Engel stirnrunzelnd. «Die Rizinvergiftung ist doch zweifelsfrei nachgewiesen?»

«Richtig. Das Opfer wurde mit Rizin vergiftet.» Junker machte eine Pause. «Aber es ist keineswegs sicher, dass das Gift die Todesursache war.»

Engel seufzte und schloss die Augen. «Könnten Sie sich ein wenig klarer ausdrücken? Sie sprechen in Rätseln.»

«Tut mir leid. Also: Die Giftkapsel wurde dem Mann irgendwie ins Gesäss eingepflanzt – so weit sind wir uns einig. Aber sie blieb intakt, sodass kein Gift austreten konnte, bis Kristina Brand sie fand und aufschnitt. Ich würde darauf wetten, dass der Mann nicht durch Rizin ums Leben kam.»

«Aber wenn das Gift nicht austreten konnte ... was hat der Täter mit der Kapsel überhaupt bezweckt? Oder ist ihm ... wie soll ich es ausdrücken ... ein Konstruktionsfehler unterlaufen?»

«Keineswegs! Im Gegenteil!», widersprach Junker. «Im Prinzip handelt es sich um eine geniale Minizeitbombe. Die Gelatinekapsel ist resorbierbar, das heisst, sie wird in einem lebenden Organismus nach einer gewissen Zeit aufgelöst und abgebaut. Im Magen-Darm-Trakt würde dieser Resorptionsvorgang nur Minuten dauern. Im Muskelgewebe oder im Körperfett hingegen müsste man mit Stunden, Tagen oder gar Wochen rechnen! Und dann erst würde das Gift austreten und im Körper seine Wirkung entfalten.»

«Ich verstehe», murmelte Engel nachdenklich. «Und warum hat es nicht funktioniert? Ich meine, warum wurde die Kapsel nicht rebos... äh ... aufgelöst und abgebaut?»

«Nun, erstens, weil das Opfer starb, bevor die Resorption genügend weit fortgeschritten war, und zweitens, weil die Anatomen den Leichnam über Monate mit einer Lösung durchtränkt haben, die wohl auch die Kapsel konserviert hat.»

Engel nickte. «Also, ich fasse zusammen: Kristina Brand wurde das Opfer eines Giftanschlages, der eigentlich gar nicht ihr galt, sondern dem Leichnam, in dessen Hinterteil sie eine Zeitbombe in Form einer mit Gift gefüllten Kapsel fand?»

«Korrekt!»

«Und das eigentliche Opfer kam vermutlich nicht durch das Gift um, weil es zuvor an einer anderen Ursache starb, noch während die Zeitbombe in seinem Körper am Ticken war?»

«Wieder korrekt!»

Engel gab einen tiefen Seufzer von sich. «Das Konservierungsverfahren dauert mehrere Monate. Das würde bedeuten, dass der Giftanschlag Monate oder Jahre zurückliegt.»

Wieder stimmte Junker zu und fügte an: «Leider!»

«Na wunderbar! Das wird einfach aufzuklären sein.»

## 14

Professor Müllers Handy klingelte, als er auf dem Heimweg war, nur noch wenige Minuten von seinem Haus entfernt. Er spielte mit dem Gedanken, den Anruf zu ignorieren, denn schliesslich war er um 14 Uhr zum Skat verabredet und schon spät dran. Aber dann nahm er das Gespräch doch entgegen und erfuhr so, was es mit der «braunen Erbse» auf sich hatte.

«Wir brauchen die Identität des Leichnams», forderte Junker. «Möglichst bald! Und alle Informationen, die Sie sonst noch über ihn haben.»

«Kann ich mir denken.» Müller kniff das Gesicht zusammen und fluchte lautlos.

Fünfundzwanzig Minuten später sass Müller wieder an seinem Schreibtisch, in der Rechten ein Glas Cognac, vor sich eine geschlossene Akte: einen hellgrauen Kartonumschlag mit der Aufschrift «18-04».

Müller starrte förmlich auf die schwarze, von Hand geschriebene Ziffer. 18-04. Ihm war unwohl beim Gedanken, dass aus der anonymen, nichtssagenden Zahlenfolge ein Mensch, eine Persönlichkeit werden würde, sobald er die Akte öffnete. Also zögerte er den Moment hinaus – aber das machte es nicht einfacher. Seufzend hob er schliesslich den Deckel an und blätterte um.

«Dieter Sommer, 4. April 1945», stand zuoberst auf der ersten Seite geschrieben. Weiter unten fanden sich zwei weitere Vermerke: «Gestorben am 2. Mai 2004, um 23 Uhr 45» und «Überführt vom Bezirksspital Belp am 3. Mai 2004, um 6 Uhr 35».

«Mein Jahrgang», dachte Müller betrübt. Er nahm dies zum Anlass, den Cognacschwenker nachzufüllen. Anschliessend entnahm er der untersten Schreibtischschublade ein braunes Zigarrenetui. Normalerweise rauchte er nicht im Büro, aber heute war er gewillt, eine Ausnahme zu machen – wenn er schon auf die Skatrunde verzichten musste! Bevor er in der Akte weiterblätterte, zündete er die Zigarre an.

«Todesursache: Herzinfarkt», las er auf der nächsten Seite, was den Zigarrengenuss irgendwie schmälerte. Und als er unter der Rubrik «Wichtige Nebendiagnosen» noch den Eintrag «Alkoholbedingte Leberzirrhose» fand, war sein Tag vollends gelaufen. Zwar trank er den Cognac noch aus und rauchte auch die Zigarre weiter, aber nur aus Trotz. Schmecken tat ihm beides nicht mehr.

Missmutig sichtete er die Akte zu Ende, griff dann zum Telefon und wählte Junkers Nummer.

«Müller», meldete er sich kurz angebunden, als Junker den Anruf annahm. «Ich habe die Informationen beschafft. Sind die Polizisten schon aufgetaucht?»

«Das ging aber schnell!», zeigte Junker sich erfreut. «Ja, Kommissar Engel sitzt mir gegenüber. Augenblick, ich schalte die Freisprecheinrichtung ein.» Müller hörte ein leises Knacken, dann wieder Junkers Stimme, die jetzt wie aus der Ferne kam: «Und? Was haben Sie herausgefunden?»

Müller teilte den beiden mit, was er aus der Akte erfahren hatte.

«Und das mit dem Herzinfarkt ist sicher?», fragte Junker. «Ich meine, können Sie das auf Grund Ihrer Unterlagen eindeutig eruieren?»

«Ich beziehe mich lediglich auf die Angaben in unserem Dossier. Falls Sie die Diagnose anzweifeln, müssen Sie mit den Kollegen des Bezirksspitals Belp Rücksprache nehmen.»

«Hm … darum werden wir wohl nicht herumkommen», bemerkte Junker.

«Wie wird man eigentlich … äh … Kunde von Ihnen?», wollte Engel wissen. «So wie dieser Dieter Sommer.»

«Sie meinen, wie man Körperspender wird?»

«Ja.»

«Durch eine letztwillige Verfügung.»

Man könne sich im Anatomischen Institut melden und ein Formular anfordern, erklärte Müller weiter. Mit diesem Formular drücke man den Willen aus, seinen Körper dem Institut zu spenden. Das Papier müsse eigenhändig unterzeichnet werden, eine notarielle Beglaubigung sei nicht erforderlich.

«Das ist alles? So simpel?»

«Eigentlich schon, ja!»

«Und wer erfährt davon?»

«Das kommt natürlich darauf an, wem der Spender sich anvertraut. Eine Kopie der Verfügung bleibt bei uns im Institut, eine geht an den Spender und eine dritte an dessen

Hausarzt – oder an die Wohngemeinde. Wir empfehlen den Spendern, ihre Kopie immer bei sich zu tragen. Man weiss ja nie … Und eine weitere Kopie sollte man bei den Niederlassungspapieren oder im Familienbüchlein deponieren. Diese Dokumente werden im Todesfall immer benötigt und so ist gewährleistet, dass die Angehörigen die Verfügung rechtzeitig finden.»

«Ich kann mir beim besten Willen nicht vorstellen, wie ein Mensch auf den Gedanken kommen kann, sich für so etwas herzugeben», meinte Engel mit einem Kopfschütteln. «Oder gibt es Geld dafür?»

«Wo denken Sie hin?», antwortete Müller entrüstet. «Die Bereitschaft, den Körper für die medizinische Lehre und Forschung zur Verfügung zu stellen, ist ein Akt der gesellschaftlichen Solidarität. Das Geschenk eines Menschen an seine Mitmenschen, insbesondere an die nächste Generation. Das Vermächtnis hat einen zutiefst humanen Aspekt!»

«Amen», hätte Engel beinahe gesagt. Stattdessen schürzte er die Lippen und wiegte bedächtig den Kopf hin und her. «Tönt schön und gut, aber wenn die Leute sehen könnten, was aus ihren sterblichen Überresten wird …»

«… viele dieser Menschen haben der Medizin etwas zu verdanken», fiel Müller ihm ins Wort. «Sie wurden beispielsweise von einer schweren Krankheit geheilt.»

«Geht das jeweils aus den Unterlagen hervor?»

«Nein!»

«Aber Sie können uns sicher sagen, wann Dieter Sommer seine Verfügung ausgestellt hat?»

«Augenblick!» Engel und Junker hörten ein Rascheln. «1983. Am 28. Mai 1983.»

«Schon eine Weile her», brummte Engel.

«Haben Sie sonst noch Fragen? Sonst würde ich mich gern verabschieden.»

«Nur eine», sagte Junker. «Ist in den Unterlagen eine Verletzung im Gesässbereich dokumentiert?»

Wieder ein Rascheln, das diesmal etwas länger dauerte.

«Nein, hier ist nichts Derartiges vermerkt. Aber das will nicht viel heissen. Die Körper weisen oft eine Vielzahl von kleineren Blessuren auf, verursacht durch Infusionsschläuche, Katheter, Entnahmen von Gewebeproben et cetera, et cetera. Das ist für uns nichts Auffälliges. Und durch die Totenflecke werden solche Verletzungen oftmals kaschiert. Wenn man nicht explizit danach sucht … und das tun wir ja nicht … schliesslich sind wir keine Rechtsmediziner.»

«Kein Problem!», beschwichtigte Junker. «Mich hätte nur interessiert, wie alt die Wunde ungefähr war.»

«Gut», meinte Engel, nachdem das Gespräch mit Müller beendet war. «Dann wollen wir mal sehen, was wir nach eineinhalb Jahren alles über diesen Herrn Sommer und sein Umfeld herausfinden können.» Er stand langsam auf. «Könnten Sie sich bitte unverzüglich um die Krankenakte und die medizinische Vorgeschichte unseres Opfers kümmern?»

Junker nickte eifrig. «Ich rufe Sie an, sobald ich was habe.»

## 15

Bereits eine Stunde, nachdem Junker die Krankenakte von Dieter Sommer im Spital Belp angefordert hatte, brachte ein uniformierter Polizeibeamter sie in sein Büro. Aufmerksam studierte Junker die Unterlagen, dann rief er zuerst den behandelnden Spitalarzt und anschliessend den Hausarzt an, um einige Punkte zu klären. Es folgte ein Gespräch mit einem ehemaligen Mitarbeiter Sommers, der – laut Vermerk in der Krankenakte – die dramatische Herzattacke miterlebt hatte und massgeblich an den Wiederbelebungsversuchen beteiligt gewesen war.

Der Brustschmerz habe während einer Sitzung in Sommers Büro eingesetzt. Plötzlich habe er den Kragen gelockert, sei aufgestanden und Richtung Fenster getaumelt, bevor er mit einem unterdrückten Schrei zu Boden gesunken sei. Minutenlang habe er nach Luft gerungen, sich über ein Gefühl beklagt, als ob ein Schraubstock hinter seinem Brustbein alles zerquetschen würde, bis er schliesslich das Bewusstsein verloren habe. Die Mitarbeiter hätten versucht, mit lebensrettenden Massnahmen das Schlimmste zu verhüten, hätten seinen gewaltigen Brustkasten immer wieder runtergedrückt, «wie einen widerspenstigen Kofferdeckel, der sich nicht schliessen liess», wie der Mitarbeiter sich ausdrückte. Sie hätten versucht, Luft durch die Nase und an den dunkelblau verfärbten Lippen vorbei in den massigen Körper zu pusten, wie sie es im Nothelferkurs gelernt hatten. So lange, bis endlich der Notarzt eingetroffen sei und sie in ihren amateurhaften Bemühungen abgelöst habe.

Immerhin! Sommers stillstehendes Herz hatte wieder zu schlagen begonnen und er war ins Krankenhaus überführt worden, wo er Stunden später trotzdem starb. Endgültig, sozusagen.

In seiner Brieftasche hatten die Ärzte eine Verfügung gefunden, die besagte, dass er seinen Leichnam der Wissenschaft zur Verfügung stellen wolle. Das Papier enthielt die Anweisung, unmittelbar nach seinem Tod das Anatomische Institut in Bern zu benachrichtigen und diesem seinen Körper zu übergeben. Der Hausarzt war im Besitz einer Kopie dieses Dokumentes gewesen. Aber gemäss dessen Aussage hatte weder die Ehefrau noch der Sohn davon gewusst. Sie seien komplett überrumpelt worden, und zum Schmerz über den Tod des Ehemanns und Vaters habe sich die Verzweiflung über dessen eigenwilliges Ansinnen gesellt. Er war ihnen ein zweites Mal genommen worden. Die beiden hätten versucht, sich mit allen Mitteln zu wehren. Vergeblich! Bereits wenige Stunden nach seinem Tod hatte Dieter Sommer auf einem Metalltisch des Anatomischen Instituts gelegen und war für die Konservierung vorbereitet worden.

Zwei Stunden nach Eintreffen der Krankenakte war Junker so weit: Er fühlte sich bereit, Engel zu berichten.

«Und das mit dem Herzinfarkt ist jetzt sicher?», fragte Engel. «Keine Zweifel mehr? Kein Hinweis auf eine Rizinvergiftung?»

«Die Diagnose ist absolut sicher. Darauf würde ich meine Harley wetten. Die Schilderungen seines Mitarbeiters, das EKG, die Laborwerte – vor allem die Laborwerte! Ein klassischer, sauberer Herzinfarkt!»

«Irgendwelche Vermerke über den Zustand seines Hinterns?»

«Kein Wort!»

## 16

Am Morgen des 7. November pinnte Teuscher im Sitzungszimmer der Kantonspolizei vier Fotografien an die Korkwand: drei vergrösserte Porträts und ein Bild, das einen Mann in voller Grösse zeigte.

«Das ist Dieter Sommer.»

Die Porträts hatte Teuscher beim Passbüro und beim Strassenverkehrsamt angefordert, das andere Bild hatte er im Internet gefunden. Engels Blick sprang zwischen den Fotografien hin und her. Was er sah, war ein knapp sechzig Jahre alter Mann mit grauschwarzen, nach hinten gekämmten Haaren und Koteletten wie zu Elvis Presleys Zeiten. Er war gross! Mindestens eins neunzig, wie Engel schätzte. Und er hatte eine kräftige Statur mit ausgeprägtem Bierbauch. Sein Gesicht war gerötet und Engel bezeichnete es als «grobschlächtig». Auf dem einen Bild trug Sommer einen grauen Anzug, ein über der Bauchpartie zum Zerreissen gespanntes Hemd und eine dunkelgrüne Krawatte, die fast zwei Handbreit oberhalb der Gürtellinie endete. Entweder war die Krawatte zu kurz oder die Gürtellinie zu tief. Oder beides. Engel fand zu kurze oder zu lange Krawatten peinlich – genauso wie weisse Socken oder abgetragene Absätze, nach denen er auf der Fotografie vergeblich Ausschau hielt.

«Nicht gerade ein Sympathieträger, wenn Sie mich fragen», fasste Engel seine Eindrücke zusammen. «Was wissen wir über ihn?»

«59 Jahre alt, wohnhaft in Belp, verheiratet mit Ursula, geborene Blaser. Ein Sohn, Alexander, 22-jährig. Die Frau ist ungefähr ein halbes Jahr nach ihm verstorben. Er war Kreisoberingenieur am Tiefbauamt des Kantons Bern. Veteranenfussballer und Vorstandsmitglied des FC Belp, ehemaliger Feldweibel der Schweizer Armee und leidenschaftlicher Camper. Führerscheinentzug vor acht Jahren wegen ‹Fahren in angetrunkenem Zustand›. Mit seiner letzten Steuererklärung bin ich noch nicht durch, aber da scheint alles im grünen Bereich zu sein. In seinem Einfamilienhaus steckten 200 000 Franken Eigenkapital, die restlichen zwei Drittel waren von der Berner Kantonalbank finanziert. Im letzten Jahr versteuerte er ein Barvermögen und Wertpapiere von rund 80 000 Franken, einen Personenwagen von 22 000 und ein Wohnmobil von 55 000 Franken. Keine offensichtlichen Schulden – mit Ausnahme der Hypothek. Alles recht komfortabel und solide», kommentierte Teuscher seine Ausführungen. «Nichts Aussergewöhnliches.»

«Und der Sohn?», fragte Marti, während sie mit dem umgedrehten Bleistift auf den Tisch klopfte. «Er hat rund 350 000 Franken geerbt! Wir hatten schon schlechtere Motive. Ist er bereits Kunde von uns?»

Teuscher schüttelte den Kopf. «Bei uns in der Region ist er nie auffällig geworden. Und im Strafregister ist er auch nicht aufgeführt.»

«Wo wohnt er?»

«Im Elternhaus.»

«Immer noch oder wieder?», fragte Marti. «Ist er nie ausgezogen? Zumindest vorübergehend?»

«Nicht soweit wir wissen. Auf den Steuererklärungen ist er immer als Mitbewohner aufgeführt.»

Engel schaute Teuscher erwartungsvoll an. «Sonst noch was?»

«Nein.»

«Also auf den ersten Blick nichts, worauf wir uns gezielt stürzen könnten», konstatierte Engel mit einem Seufzer. «Wäre auch zu schön gewesen. Dann müssen wir systematisch vorgehen. Schritt für Schritt.»

Engel erteilte Teuscher den Auftrag, sich mit Alexander Sommer in Verbindung zu setzen und noch gleichentags ein Treffen mit ihm zu arrangieren.

«Danach ziehen wir die Kreise weiter», erläuterte Engel und zählte an der Hand auf: «Arbeitsplatz, FC, Camperszene. In dieser Reihenfolge. Haltet Ausschau nach Frauen … jemand musste ihm schliesslich so nahe kommen, dass er ihm die Kapsel in den Hintern einpflanzen konnte.»

Engel unterbrach seine Aufzählung und wurde nachdenklich. «Irgendwie entwürdigend so ein Ding im Allerwertesten, finden Sie nicht? Wenn ich da an meine Prostatauntersuchung denke oder an die Spritzen, die mir mein Arzt verpasst hat … vornüber gebeugt … mit heruntergelassener Hose …» Er richtete den Zeigefinger auf sein Herz. «So ein

Schuss von vorne in die Brust ist zwar auch nicht gerade das, was man sich am meisten wünscht, aber immerhin … wie soll ich sagen …»

«… männlicher?», half Marti mit skeptischem Blick.

«Ja. Genau! Und ganz sicher würdevoller!»

«Wenn Sie meinen …»

Wagner und Teuscher tauschten verstohlene Blicke aus und begannen zu grinsen.

«Deppen!», befand Engel und warf lachend einen Radiergummi nach den beiden.

Alexander Sommer traf pünktlich um 16 Uhr beim Polizeikommando ein. Ein feingliedriger, mittelgrosser Mann in schwarzer Lederjacke, hellblauem Pullover, Bluejeans und spitzen Cowboystiefeln. In den halblangen, dunkelbraunen Haaren steckte eine Sonnenbrille, und ein flaumiges Musketierbärtchen zierte Kinn und Oberlippe. Nachdem Teuscher die Ausweispapiere des verunsichert wirkenden Mannes überprüft hatte, führte er ihn in Engels Büro. Engel dankte Sommer für sein pünktliches Erscheinen und forderte ihn auf, sich hinzusetzen. Dann kam er zur Sache:

«Es geht um den Tod Ihres Vater. Es tut uns leid, dass wir das traurige Ereignis nach so langer Zeit wieder zur Sprache bringen müssen, aber bedauerlicherweise hat sich vor wenigen Tagen etwas ereignet, das uns dazu zwingt.»

Sommer legte die Stirn in Falten.

«Ihr Vater hatte ja verfügt, dass sein Leichnam dem Anatomischen Institut der Universität Bern überlassen werden soll, als Körperspende für wissenschaftliche Zwecke. Haben Sie davon gewusst? Ich meine, vor seinem Herzinfarkt?»

Sommer schüttelte den Kopf.

«Wann haben Sie davon erfahren?»

«Im Spital», antwortete er, ohne zu zögern. «Wenige Minuten nach seinem Tod.»

«Und Ihre Mutter?»

«Auch im Spital. Zusammen mit mir.»

«War es schwierig für Sie …?», fragte Engel behutsam. «Es muss doch ein Schock gewesen sein?»

Sommer zuckte mit den Schultern. «Für Mutter war es schlimm. Sie hat fast durchgedreht.»

«Und für Sie?»

«Weiss nicht. Halt irgendwie komisch … unerwartet. Das macht doch sonst keiner.»

«Können Sie sich vorstellen, wieso Ihr Vater sich zu diesem Schritt entschlossen hat?»

Wieder schüttelte er den Kopf. «Mutter sagte, sie könne es sich auch nicht erklären, aber ich bin nicht sicher, ob das stimmte.»

«Wie kommen Sie darauf?»

«Einfach. Kein spezieller Grund. Nur so ein Gefühl.»

«Haben Sie sich später mal Gedanken zum Thema Körperspende gemacht? Wissen Sie, was mit den Verstorbenen … passiert?»

«Eigentlich nicht.» Und er fügte an, dass er es gar nicht wissen wolle. Engel suchte den Blickkontakt zu seinen Mitarbeitern, die betreten zu Boden schauten.

«Also … hm …» Engel räusperte sich geräuschvoll. «Im Körper Ihres Vaters hat man vor einigen Tagen eine kleine Kapsel mit hochgiftigem Material gefunden. Das heisst, eine junge Frau hat sie gefunden – und das hat sie das Leben gekostet.»

Engel war sich nicht bewusst, welche Reaktion er erwartet hatte. Irgendetwas – doch nichts geschah. Sommer sass reglos da und glotzte ihn an.

«Haben Sie verstanden, was ich Ihnen eben gesagt habe?», doppelte Engel Sekunden später nach.

«Schon … ist natürlich tragisch. Aber was hat das mit meinem Vater zu tun? Was kann er dafür, wenn die ihm für ihre Experimente irgendwelche Sachen einflössen und dann nicht aufpassen? Ihm können Sie sicher nicht die Schuld geben.»

«Ich fürchte, ich habe mich nicht klar ausgedrückt», räumte Engel ein. «Das Gift wurde Ihrem Vater nicht eingeflösst, sondern in die Haut eingepflanzt – und zwar, als er noch lebte!»

Sommer wurde blass. Er beugte sich langsam vor. «Wollen Sie damit sagen, dass er … absichtlich vergiftet wurde?»

«Tut mir leid, aber genau so ist es», bestätigte Engel mit bedauernder Geste.

«Aber es hiess doch, er sei an einem … Sie haben doch vorhin selber gesagt …»

«… dass er an einem Herzinfarkt gestorben ist. Ja. Das stimmt. Er ist vergiftet worden, aber bevor das Gift ihn umbringen konnte, starb er an einem Herzinfarkt.»

Sommer liess sich wieder zurückfallen, während er ungläubig den Kopf schüttelte. «Das ist mir zu kompliziert.»

Engel erklärte ihm möglichst schonungsvoll, wie und wo man die Kapsel gefunden hatte, welches Gift sie enthalten und wieso dieses seine Wirkung zu Dieter Sommers Lebzeiten nicht entfaltet hatte.

«Jetzt suchen Sie also einen Mörder», stellte Sommer sachlich fest.

«Ja. Wüssten Sie jemanden, der in Frage käme?»

Die Frage blieb lange in der Luft hängen, bevor Sommer sie leise verneinte.

«Kennen Sie einen gewissen Robert Kramer?»

Sommer überlegte angestrengt und schüttelte dann den Kopf. «Nie gehört. Ist er der Täter?»

«Nein. Er ist auch vergiftet worden. Ein Musiker.»

Sommer hob bedauernd die Hände. «Ich kenne niemanden aus dieser Szene.»

An die Wochen vor Dieter Sommers Tod hatte der Sohn nur vage Erinnerungen. Zu Hause sei alles so gewesen wie immer, keine besonderen Vorkommnisse, insbesondere habe er nichts davon mitgekriegt, dass sein Vater eine Verletzung am Hintern habe. «Das ist ja auch nicht unbedingt etwas, was man überall herumerzählt», war sein Kommentar dazu, worauf Engel ihm ohne zu zögern versicherte, dass er das genau so sehe.

Sommer charakterisierte seinen Vater als zuverlässigen und verantwortungsbewussten, bisweilen aber rechthaberischen und sturen Mann, der mit seiner unverblümten Art schon mal den einen oder anderen Zeitgenossen vor den Kopf gestossen habe. Trotzdem sei er respektiert worden. Und im Kreise seiner Camper-Freunde und Fussballkameraden sei er ein überaus geselliger Mensch gewesen – was für Engel hiess, dass er zwischendurch recht ordentlich gesoffen hatte.

Der Tod hatte Dieter Sommer kurz vor dessen Ferien ereilt. Die Reise hätte nach Kanada führen sollen, wo er zusammen mit ein paar Camper-Freunden die Wildnis durchstreifen wollte. «Vier Wochen lang fischen, furzen und derbe Witze erzählen», meinte Alexander mit spöttischem Unterton. «Lagerfeuerromantik unter richtigen Kerlen.»

Seine Mutter, die ein halbes Jahr später an Krebs gestorben sei, habe nichts gegen die Ferienpläne ihres Mannes gehabt. Auf die Frage, warum sein Vater die Reise trotz der schweren Erkrankung seiner Mutter antreten wollte, gab Sommer an, dass ihr Leiden erst später diagnostiziert worden sei. Die Beziehung zwischen den beiden sei «in Ordnung» gewesen.

Zum Schluss warf Engel trotzdem noch die Frage nach ausserehelichen Beziehungen seines Vaters auf. Sommer antwortete nur mit einem finsteren Blick.

«Gut, vielen Dank!», sagte Engel und akzeptierte damit die stumme Antwort des jungen Mannes. «Von mir aus wäre das alles für heute. Sie können gehen. Aber bitte halten Sie sich zu unserer Verfügung.»

## 17

Was war die Verbindung zwischen den beiden Fällen? Engel zermarterte sich das Gehirn, als er am frühen Nachmittag des 8. November am Ufer der Aare entlangspazierte. Er hatte den Wagen in der Nähe des Lorrainebads abgestellt und war unterwegs nach Norden, Richtung Stauwehr. Ein heftiger Wind blies ihm entgegen, zerzauste das, was von seiner einstigen Haarpracht noch übrig geblieben war. Er hatte den Kragen seines Mantels hochgeschlagen und die Hände tief in die Taschen gesteckt. Den Blick nach unten gerichtet, ging er strammen Schrittes voran. Kojak hatte er von der Leine gelassen. Der Kleine tollte herum, wälzte sich im Herbstlaub und rannte kläffend den Blättern hinterher, die der stürmische Wind herumwirbeln liess.

Eigentlich hatte er sich zu dem Spaziergang entschlossen, um sich zu entspannen und den Kopf ein wenig durchzulüften. Aber es gelang ihm nicht, auf andere Gedanken zu kommen.

Dieter Sommer und Robert Kramer. Der Kreisoberingenieur und der Musiker. Zwei völlig unterschiedliche Typen mit gegensätzlichen Interessen, die sich wahrscheinlich nicht gekannt hatten. Was hatten die beiden gemeinsam?

Kojak stellte sich mit einem kleinen Stock im Mund in seinen Weg. Engel blieb stehen, nahm dem Terrier das Holzstück ab und warf es in hohem Bogen voraus. Kojak hetzte hinterher.

Das Einzige, was Engel sicher zu wissen glaubte, war, dass der Mörder – oder die Mörderin – mit beiden Personen eng vertraut gewesen war. Die Kapsel im Hintern des einen und das Rizin an der Zahnprothese des anderen sprachen für sich, da mochten Marti und Konsorten denken, was sie wollten. Es musste so sein. Aber wer? Wer war mit beiden Männern derart vertraut gewesen?

Schwierig einzuordnen war auch der Umstand, dass Sommer über ein Jahr vor Kramer vergiftet worden war. Hatte dieser Zeitabstand etwas zu bedeuten?

Wieder warf er den Stock.

Dann klingelte sein Handy. Auf dem Display leuchtete Teuschers Name. Er drehte den Rücken in den Wind und presste das Gerät fest ans rechte Ohr. Das linke verschloss er mit dem Zeigefinger. «Ja?», rief er gegen das Lärmen des Windes an. Mit angestrengter Miene hörte er, was Teuscher zu berichten hatte. «Mist!», brüllte er schliesslich, lauter als der Wind es erfordert hätte. «Ich bin in einer Stunde da.»

Er verstaute die Hände wieder in den Taschen seines Mantels, das Handy immer noch umklammernd. Mit ernster Miene setzte er seinen Weg fort. «Die Klarinette also», dachte er grimmig. Junker hatte recht gehabt. Nicht Kramers Prothese war vergiftet worden, was den Täterkreis angenehm eingeengt hätte, sondern sein Musikinstrument, zu dem wohl mehrere Personen Zugang gehabt hatten.

Engel holte das Handy wieder hervor und tippte eine Kurzwahltaste. «Ich bin's noch mal», röhrte er Sekunden später, ohne seinen Marsch zu unterbrechen. «Sie müssen sofort diese Musiker, diese Hot-Dings-Bums-Jazzer ausfindig machen und zusammentrommeln. Ich glaube, es sind im Ganzen vier. Und mit Zusammentrommeln meine ich: Wenn nötig von der Streife abholen und zur Befragung ins Polizeikommando bringen lassen.»

Die nächsten zehn bis fünfzehn Schritte lang hörte er nur zu. Dann wurde er wieder laut: «Ja, natürlich, jetzt sofort ... wenn ich zurückkomme, möchte ich die Herren im Büro vorfinden!»

Als Engel eine knappe Dreiviertelstunde später beim Kommandoposten eintraf, waren erst zwei Mitglieder der Hot Thin Roof Jazz Band da.

«Einer arbeitet in Zürich und kann erst gegen halb sechs hier sein», brachte Wagner als Entschuldigung hervor. «Und der Vierte im Bunde, der neue Bandleader, sollte jeden Augenblick aufkreuzen.»

Die Befragung der bereits anwesenden Musiker dauerte über eine Stunde. Sie konnten den Kriminalbeamten ausführlich über die nachmittägliche Probe und das Konzert in der Lenk berichten, aber über die Erkrankung und über das, was sich während der Unwetterpause unmittelbar vor Kramers Abtransport ereignet hatte, wussten sie nicht viel zu sagen. Die beiden hatten sich zu dieser Zeit im nahe gelegenen Hotel aufgehalten und vom ganzen Schlamassel, wie sie es nannten, nicht viel mitbekommen. «King George», und damit war der neue Bandleader Georg König gemeint, könne ihnen diesbezüglich sicher besser Auskunft geben. Er sei die ganze Zeit mit Kramer zusammen gewesen.

Während der Gespräche stellte sich heraus, dass die Hierarchie innerhalb der Band sehr einfach und klar war. Die Aussagen waren übereinstimmend: King George war der Boss, oder eben der King, die anderen waren die Vasallen. Aber erst seit Robert Kramer nicht mehr dabei war. Vorher hatten Kramer und König sich um das Leadertum gebalgt. Nicht handgreiflich natürlich, sondern im übertragenen Sinn. König hatte die Band vor sieben Jahren gegründet. Kramer war wenige Wochen später dazugestossen, als Ersatz für ein Mitglied, das sich bereits nach kurzer Zeit krankheitshalber von ihnen hatte verabschieden müssen. Kramer, der König in musikalischer Hinsicht weit überlegen war, hatte schleichend die musikalische Leitung der Band übernommen, während König, der ein sehr viel besserer Geschäftsmann war, sich um das Management gekümmert hatte. Beide hatten in ihren Bereichen erfolgreich agiert, trotzdem war es immer wieder zu Abgrenzungs- und Kompetenzgerangel gekommen. Beide hatten es nicht lassen können, dem anderen immer wieder mal dazwischenzufunken. Aber im Grossen und Ganzen sei man all die Jahre gut miteinander ausgekommen und habe einiges erreicht.

Interessant war für die Kriminalbeamten die Frage nach Kramers Klarinette. Wo hatte er das Instrument an diesem Tag aufbewahrt? Wer hatte Zugang dazu gehabt? Auf Grund der Giftmenge und des Krankheitsverlaufs mussten sie davon ausgehen, dass es frühestens wenige Stunden vor Konzertbeginn mit Rizin präpariert worden war. Sonst wären die ersten Symptome schon vorher aufgetreten.

«Es sei denn, Robbie hat die Mundstücke ausgetauscht», meinte einer der Musiker lakonisch, als Engel ihm seine Theorie unterbreitete.

Die Aussage verwirrte die Beamten, und so liessen sie sich belehren, dass Kramer mehrere Mundstücke für sein Instrument hatte und diese zwischendurch wechselte. Zwar gebe es viele Klarinettisten, die aus Gewohnheit immer mit ein und demselben Mundstück spielten, aber nicht Kramer. Und King George auch nicht.

«Herr König spielt auch Klarinette?», fragte Wagner verwundert.

«Ja. Nicht annähernd so gut wie Kramer, aber doch … unter anderem spielte er auch Klarinette.»

Die Instrumente seien während den Probepausen jeweils auf der Bühne abgestellt worden, sagte derselbe Musiker weiter aus. Nach der Probe habe man sie in die Instrumentenkoffer gepackt und bis zum Konzert in einem Nebenraum des angrenzenden Hotels deponiert.

«Und die Ersatzmundstücke?», fragte Engel.

«Kann ich nicht sicher sagen, aber die sind meistens auch im Instrumentenkoffer.»

«Wo waren diese Koffer während der Probe? Und während des Konzerts?»

«Meiner stand immer neben mir auf der Bühne. Wo die anderen ihre hingestellt hatten, weiss ich nicht mehr. Aber ein paar Dinge hatten wir auch neben und hinter der Bühne platziert.»

«Wo sie natürlich nicht ständig beaufsichtigt waren», konstatierte Engel mit einem Kopfnicken. Kurz danach verabschiedete er die beiden Musiker.

Georg König hatte über eine halbe Stunde im Korridor gewartet, als Teuscher ihn endlich begrüsste. Ungelenk und hastig erhob sich der Bandleader von seinem Stuhl, sodass Kaffee aus dem Becher schwappte, den er in der linken Hand hielt. König ärgerte sich über das Missgeschick und sein Gesichtsausdruck wurde noch mürrischer als zuvor.

«Wird langsam Zeit», knurrte der hagere Zwei-Meter-Mann und schaute grimmig auf Teuscher herab. Doch der liess sich nicht beeindrucken und äusserte auch kein einziges Wort des Bedauerns. Stattdessen bedachte er König mit jenem finsteren Blick, den er beim Eishockey jeweils seinen Gegnern zuwarf, kurz bevor er sie vom Eis checkte. Sekunden später begannen Königs Augenlider zu flattern und er wandte seine Aufmerksamkeit dem verschütteten Kaffee zu.

«Ich muss Sie bitten, noch fünf Minuten Geduld zu haben», sagte Teuscher leise und forderte König auf, sich wieder hinzusetzen. Er gehorchte widerspruchslos.

«Kommissar Engel ist gleich so weit, wir holen Sie dann rein.»

Teuscher ging zurück in den Verhörraum, wo Engel und Wagner am offenen Fenster standen.

«Ist er da?», fragte Engel.

Teuscher nickte. «Schon ein Weilchen. Er ist leicht angesäuert, weil er warten musste ... aber ich habe mich natürlich in aller Form entschuldigt.»

«Und?»

«Ich glaube, er hat die Entschuldigung angenommen.»

«Das meine ich nicht. Wie wirkt er?»

Teuscher zuckte mit den Schultern. «Unsportlich ... linkisch. Er ist auf jeden Fall kein Breakdancer! Weisse Haare, gross und dünn wie eine Bohnenstange. Wahrscheinlich ein wenig nervös ... ich weiss nicht ... Sie müssen sich selber ein Bild machen.»

Die drei Beamten diskutierten noch kurz die Erkenntnisse aus der Befragung der ersten beiden Musiker. Ihr Fazit war, dass der Täterkreis noch grösser war, als man bis anhin befürchtet hatte. Wegen der verschiedenen Mundstücke war es durchaus möglich, dass das Rizin schon viel früher, je nach Kramers Wechselgewohnheiten bereits Tage oder Wochen zuvor, an das Mundstück hatte gelangen können. Mit Alibis allein konnte man also nicht arbeiten, da der Zeitpunkt der Tat völlig offen war. Und in der Lenk beispielsweise, während der Proben, hätte wohl jedermann eines der Mundstücke entwenden, mit Rizin bestreichen und wieder zurücklegen können.

Wagner schloss das Fenster und Teuscher holte König herein. Wieder sprach man zuerst über die Stunden vor Kramers Erkrankung, insbesondere über die nachmittägliche Probe und den Beginn des Konzerts. Der genaue Ablauf wurde rekonstruiert, und es zeigte sich, dass Königs Angaben mit jenen seiner beiden Kollegen übereinstimmten. Als das Konzert wegen des Gewitters unterbrochen werden musste, habe Kramer plötzlich über Schmerzen in Mund und Hals geklagt. Und über Atemnot.

«Ich bin nur rasch weggegangen, um den Notarzt zu rufen», verkündete König mit zittriger Stimme, «sonst war ich die ganze Zeit bei ihm.»

Engel gönnte dem glaubhaft erschütterten Mann eine kurze Pause, bevor er auf die Mundstücke zu sprechen kam.

«Wissen Sie, wie viele er hatte?»

«Nein. Wahrscheinlich zahllose. Sie hätten mal seinen Instrumentenpark sehen sollen!»

«Wir haben ihn gesehen.»

«Na also. Dann wissen Sie ja, wovon ich spreche.»

«Aber er hatte ja sicher nicht immer alles dabei … wie viele Mundstücke pflegte er an die Konzerte mitzunehmen?»

«Drei.» Die Antwort kam ohne Zögern. «Aus verschiedenen Materialien: Holz, Kautschuk und Metall.»

«Hat er oft gewechselt? Ich habe gehört, es gibt Klarinettisten, die immer mit dem gleichen Mundstück spielen?»

«Das stimmt. Aber Robbie, also Herr Kramer, hat öfters gewechselt.»

«Wie oft?»

«Das kam darauf an. Was wir spielten, wo wir spielten, auf seine Laune … manchmal hat er tagelang nicht gewechselt, manchmal drei, vier Mal während einer Probe oder einem Konzert.»

Engel seufzte. Die Angaben waren zu unpräzis und halfen ihm nicht weiter.

«Und Sie?», fragte Wagner. «Sie spielen doch auch Klarinette?»

«Ich wechsle auch. Aber selten.»

«Aber Sie haben auch immer mehrere Mundstücke dabei?»

König nickte. «Zwei oder drei. Meistens drei.»

«Wo werden die aufbewahrt?»

König zögerte kurz. «Im Klarinettenkoffer. Warum?»

«Wo war dieser Koffer während der Probe? Und während des Konzerts?»

König schaute verdutzt zwischen den Beamten hin und her. Dann setzte er ein säuerliches Lachen auf. «Was soll die Frage?»

«Bitte beantworten Sie sie einfach», insistierte Wagner.

«Mein Gott, das weiss ich doch nicht mehr!» König verwarf resigniert die Hände.

«Und wo war Kramers Koffer?»

«Das weiss ich erst recht nicht! Himmel noch mal, Sie stellen vielleicht Fragen!»

«Wie standen Sie zu Robert Kramer?», fuhr Engel ohne Verzögerung fort.

Der abrupte Themawechsel schien König zu verwirren. «Wir waren Freunde … Kollegen …»

«Was denn nun? Freunde oder Kollegen? Das ist nicht ganz dasselbe.»

König blickte betrübt zu Boden und fingerte nervös an seiner Hose herum.

«Oder vielleicht sogar Rivalen?», hakte Teuscher nach.

«Wahrscheinlich ein wenig von allem», antwortete König und zuckte mit den Schultern. «Ich glaube schon, dass wir in erster Linie Kollegen waren. Aber es gab Momente, in denen ich ihn zweifellos als Freund bezeichnet hätte … und ja … manchmal waren wir sicher auch Rivalen.»

«Waren Sie neidisch auf ihn?», fragte Wagner.

«Ha!», rief König und warf den Kopf in den Nacken. «Wieso denn? Weil er unermesslich reich war und es sich leisten konnte, sein Hobby zum Beruf zu machen? Oder weil er ein gottbegnadeter Musiker war? Oder weil er eine liebe Frau und zwei gesunde Kinder hatte? Natürlich war ich manchmal neidisch! Das wäre doch jeder!»

«Demnach sind Sie nicht verheiratet und haben keine Kinder?»

König schüttelte den Kopf. «Und ich muss nebenher noch arbeiten.»

«Was arbeiten Sie?»

«Ich bin Projektleiter bei der Markwalder AG.»

«Hoch- und Tiefbau?»

«Ja.»

«Und was sind das für Projekte, die Sie da leiten?»

«Verschiedene. Überwiegend Tiefbau. Ich befasse mich mit Ausschreibungen für Tiefbauobjekte: Strassen, Brücken, Tunnel, Kanalisationen …»

Die Beamten schauten sich vielsagend an.

«Gibt es daran etwas auszusetzen?», fragte König gereizt.

Engel hob beschwichtigend die Hände. «Nein, nein, keineswegs! Um Gottes willen! Es ist nur … sagt Ihnen der Name Dieter Sommer etwas?»

König stülpte die Unterlippe vor und runzelte die Stirn. «Hm … Sommer … Dieter Sommer …» Dann schüttelte er zaghaft den Kopf. «Nein. Tut mir leid.»

«Sind Sie sicher?»

Wieder dachte König einen Moment lang nach. «Ja, eigentlich schon. Wieso? Wer ist dieser Mann?»

Anstatt zu antworten, stellte Engel die nächste Frage. «Beruflich haben Sie doch sicher auch mit dem kantonalen Tiefbauamt zu tun?»

«Natürlich. Oft sogar.»

«Eben. Und dieser Dieter Sommer war Kreis … dings … oder Oberkreis … ich weiss auch nicht, auf jeden Fall arbeitete er beim Tiefbauamt.»

«Kreisoberingenieur», half Teuscher.

«Genau!», rief Engel und nickte dazu.

Wieder dachte König nach. «Kann sein, dass ich mal mit ihm zu tun hatte. Aber sicher nicht in letzter Zeit. Ich kann mich nicht an den Namen erinnern.»

«Herr Sommer arbeitet seit eineinhalb Jahren nicht mehr dort.»

«Da haben Sie's! Und ich bin erst seit knapp zwei Jahren bei Markwalder. Vorher arbeitete ich in Luzern – und dort hatte ich nichts mit dem Tiefbauamt Bern zu tun.»

Einen Moment lang blieb es ruhig.

«Wer ist dieser Sommer?», erkundigte König sich noch einmal.

«Ein anderes Rizinopfer», gab Engel kurz zurück. «Mehr kann ich Ihnen nicht sagen.»

Wieder herrschte Stille.

«Sind wir fertig?», fragte König schliesslich und blickte auf die Uhr.

Engel sah Wagner und Teuscher fragend an. Die beiden nickten.

«Okay, Sie können gehen.»

Nach der Befragung war klar: König hatte ein Motiv und auch die Gelegenheit, das Verbrechen an Kramer zu begehen. Und genau wie jeder andere hätte er auch das Rizin herstellen können, obwohl Teuscher der Ansicht war, dass sich König schlecht für jede Art von manueller Tätigkeit eigne. «Wahrscheinlich hätte er sich mit seiner Schusseligkeit selbst umgebracht, wenn er mit dem Zeug herumhantiert hätte», meinte er lakonisch. Engel und Wagner lachten und gaben ihm ein Stück weit recht, aber natürlich war mangelndes Vertrauen in Königs handwerkliche Fähigkeiten kein hieb- und stichfestes Argument gegen seine Täterschaft.

Engel erteilte Wagner den Auftrag, im Tiefbauamt vorzusprechen, um Sommers ehemalige Vorgesetzte und Mitarbeiter zu befragen: über Dieter Sommer, über Georg König – und über allfällige berufliche Beziehungen zwischen den beiden.

Gleichzeitig sollte Teuscher Alexander Sommer aufsuchen. Er sollte den jungen Mann ebenfalls zu Georg König befragen. Und vielleicht gab es aus der Zeit vor Sommers Tod noch private Korrespondenz oder Bankauszüge, die den Ermittlern weiterhelfen konnten? Eventuell sogar einen E-Mail-Verkehr?

«Und was machen Sie?», fragte Teuscher.

«Ich werde Kontakt mit Robert Kramer junior aufnehmen. Ich möchte wissen, wann genau er im Juli in die Schweiz gereist ist.»

## 18

Der vierte Musiker der Hot Thin Roof Jazz Band war am Vorabend noch eingetroffen, kurz vor 18 Uhr. Nach der Befragung seiner drei Kollegen hatte Engel von ihm keine neuen Erkenntnisse erwartet, und im Grossen und Ganzen hatte er mit seiner Einschätzung richtig gelegen: Der Mann hatte im Wesentlichen wiederholt, was seine Kollegen bereits zu Protokoll gegeben hatten. Aber im Gegensatz zu ihnen wusste er genau, wo die Alphatierchen, Kramer und König, ihre Instrumentenkoffer während der Probe und des Konzerts deponiert hatten: hinter der Bühne.

Er war der Kontrabassist der Gruppe. «Das ist der, der immer am meisten herumzuschleppen hat», liess Teuscher verlauten, was Wagner veranlasste, ein paar spitze Bemerkungen zu Teuschers «unermesslichem Fachwissen in Sachen Jazzmusik» fallen zu lassen. Aber im Prinzip hatte

Teuscher schon den Kern der Sache getroffen, wenn auch ungewollt. Aus Platzgründen hatte der Kontrabassist seinen riesigen Instrumentenkoffer nicht auf der Bühne liegen lassen, sondern dahinter deponiert. Und er konnte sich genau erinnern, dass die beiden Klarinettenkoffer auch dort lagen, weil er sie beiseiteschieben musste, um für seine sperrige Kiste Platz zu haben.

Gleich nach dem Morgenrapport fuhr Wagner zum Tiefbauamt an den Schermenweg 11. Er kannte die Örtlichkeit bestens, da er jedes Mal dort parkierte, wenn er das in unmittelbarer Nähe gelegene Fussballstadion besuchte. Er suchte das Sekretariat des Kreisoberingenieurs auf, wo man ihm mitteilte, dass dieser an einer Sitzung sei, die noch ungefähr zehn Minuten daure. Überdies müsse er, Wagner, mit ihr, der Sekretärin, im Voraus einen Termin vereinbaren. Man könne nicht einfach unangemeldet erscheinen ... Wagner zeigte der eifrigen Mitarbeiterin seinen Dienstausweis, worauf das Schnippische aus ihrem Ton verschwand und sie ihm vorschlug, die Cafeteria aufzusuchen, wo er sich bei Kaffee und Gipfeli die Wartezeit verkürzen könne. Sie werde ihn holen, sobald der Oberingenieur zurück sei.

Eine Viertelstunde später trat Kreisoberingenieur Schwaller höchstpersönlich an seinen Tisch. Wagner legte die Zeitung zur Seite, man begrüsste sich und Schwaller setzte sich zu ihm. Er bestellte einen Kaffee und ein Glas Wasser.

Schwaller war Sommers direkter Nachfolger. Zuvor sei er sein Stellvertreter gewesen, liess er verlauten. Er kannte die Markwalder AG – und er kannte auch Georg König. Nicht sehr gut, wie er betonte, aber doch so, dass er ihn als «kompetent und freundlich» charakterisieren konnte. Die Frage, ob Sommer und König sich gekannt hatten, konnte er nicht eindeutig beantworten. Zunächst schien er überzeugt, dass die beiden miteinander zu tun gehabt hatten. Zwangsläufig! Aber nach Wagners Hinweis, dass König erst ein halbes Jahr vor Sommers Tod bei Markwalder angefangen habe, war er sich nicht mehr so sicher. Er versprach, die damals hängigen Dossiers durchsehen zu lassen.

Danach unterhielten sie sich über Dieter Sommer. Schwaller hielt sich mit der Charakterisierung und Qualifizierung seines Vorgängers und ehemaligen Vorgesetzten vornehm zurück, aber Wagner konnte heraushören, dass Sommer kein pflegeleichter Mensch gewesen war. Und Wagner gelangte zur Überzeugung, dass Sommer, obschon niemand ihm einen derartigen Abgang gewünscht habe, wie Schwaller sich ausdrückte, im Tiefbauamt Kreis II keine grosse Lücke hinterlassen hatte. Dieser Eindruck festigte sich im Lauf des Morgens, als er Gelegenheit hatte, mit weiteren ehemaligen Mitarbeitern Sommers zu sprechen. Zwar liess sich niemand zu eindeutig negativen Aussagen hinreissen, aber – was viel aufschlussreicher war – es fand sich auch niemand, der etwas ausdrücklich Positives sagte.

Kurz nach zehn Uhr erreichte Engel Robert Kramer junior über dessen Festnetzanschluss bei seinem Arbeitgeber, der Immobilienfirma McDouglas Properties in London. Engel hatte schon am frühen Morgen versucht, ihn zu erreichen, aber wegen der einstündigen Zeitverschiebung und weil Kramer erst gegen neun Uhr Ortszeit im Büro erwartet wurde, hatte es etwas länger gedauert.

Kramer junior schien vom Anruf aus Bern überrascht, oder er tat zumindest so, was wiederum Engel in Erstaunen versetzte. Der Mann musste doch erfahren haben, dass sein Vater einem Giftmord zum Opfer gefallen war? Seine Mutter oder sein Bruder mussten ihm mitgeteilt haben, was sich hier in Bern abspielt? Dass Ermittlungen durchgeführt werden, auch im familiären Umfeld! So betrachtet war es doch offensichtlich, dass die Polizei sich früher oder später auch an ihn wenden würde?

Die Telefonverbindung war schlecht. Erst als Engel ihn auf die mühsame Verständigung ansprach, stellte sich heraus, dass Kramer mit seinem Handy telefonierte. Er sei nicht in seinem Büro, sondern mit dem Auto unterwegs. Zu einem Kunden. Der Anruf sei von seinem Büroanschluss umgeleitet worden. Man beschloss, das Gespräch abzubrechen, und es wurde vereinbart, dass Kramer in zehn bis fünfzehn Minuten zurückrufen würde, sobald er einen besseren Empfang hatte.

Es dauerte eine halbe Stunde, bis der Anruf kam. Engel stellte fest, dass Kramers Handynummer unterdrückt war und nicht auf dem Display erschien. Aber die Verbindung war jetzt wesentlich besser.

«Ich will Sie nicht lange aufhalten», hob Engel an. «Ich nehme an, Sie wissen, dass wir uns mit dem Tod Ihres Vaters beschäftigen?»

«Ja … ich habe davon gehört. Meine Mutter hat mich informiert … eine ganz schreckliche Sache … unglaublich …»

«Ja, leider.»

Engel brachte Kramer auf den aktuellen Stand der Dinge, soweit er es für angebracht hielt. Immerhin war er der Sohn des Mordopfers und hatte ein Recht zu erfahren, was man bis jetzt herausgefunden hatte – oder eben nicht. «Und im Rahmen unserer Ermittlungen hätten wir natürlich auch ein paar Fragen an Sie», fügte Engel am Schluss hinzu.

«Ja … okay … fragen Sie! Wenn ich Ihnen helfen kann?»

Und noch bevor Engel die erste Frage stellte, liess Kramer ihn wissen, dass das Verhältnis zu seinem Vater sehr gut gewesen sei – zumindest seit er von zu Hause ausgezogen sei. Vorher seien sie sich öfters wegen irgendwelcher

Kleinigkeiten in die Haare geraten und man sei sich möglichst aus dem Weg gegangen. Aber seit er in London lebe, habe er regelmässig mit ihm telefoniert. Gewisse Gesprächsthemen wie Politik oder Militär habe man einfach gemieden, und auch über Geschäftliches habe man nur gesprochen, wenn es unumgänglich gewesen sei. Auf diese Weise habe es kaum Probleme gegeben. Und mit bebender Stimme liess er Engel wissen, dass er seinen Vater geliebt habe.

«Das ist schön», sagte Engel wenig berührt, «ich meine, dass Sie und Ihr Vater so gut ... aber wo waren Sie eigentlich am 12. Juli, an dem Tag, als Ihr Vater krank wurde?»

«In London.»

«In London?»

«Ja. In London.»

«Und wann sind Sie in die Schweiz gereist?»

«Einen Tag später. Am 13. Juli.»

«Wegen Ihres Vaters? Weil der krank war? Oder zufällig?»

«Wegen Vater. Meine Mutter rief mich in der Nacht an und am Morgen habe ich mich ins Flugzeug gesetzt. Gegen Mittag traf ich in Bern ein.»

Engel atmete tief durch. «Jetzt hören Sie gut zu, Herr Kramer. Sie wissen, dass es nicht mehr als einen Telefonanruf braucht, um Ihre Angaben zu prüfen. Sind Sie nach Bern geflogen oder nach Zürich?»

Am anderen Ende der Leitung blieb es still.

«Sind Sie noch dran?», fragte Engel Sekunden später.

«Ja, ja ... natürlich ...» Wieder Stille. «Okay ... ich bin schon am 12. Juli eingereist ... über Zürich.»

«Das müssen Sie mir erklären.»

«Da gibt's nicht viel zu erklären.»

«Oh doch!», widersprach Engel. «Warum die Falschaussage? Sie haben ja auch Ihre Mutter belogen! Wo hielten Sie sich am 12. Juli auf und warum sind Sie am 13. erst gegen Mittag in Bern aufgetaucht? Sie wussten doch, dass Ihr Vater sterbenskrank war!»

«Mir war nicht bewusst, dass es so schlecht um ihn stand.»

«Ach, kommen Sie! Sie wollen mir doch nicht … Hallo? Herr Kramer?» Engel warf einen Blick auf das Display seines Apparates, aus dem nur noch ein leises Rauschen zu hören war. «Anruf beendet», las er leise.

Teuscher war kurz nach neun Uhr bei Alexander Sommers Arbeitgeber vorgefahren, einer kleinen Elektronikfirma im Zentrum von Belp. Er war in Begleitung eines Kollegen des KTD und eines uniformierten Beamten der Ortspolizei Belp. Die Dame am Empfang begrüsste sie mit einer Mischung aus Argwohn und Neugier und teilte ihnen mit, dass Sommer sich krankgemeldet habe und eigentlich zu Hause sein müsste.

Tatsächlich öffnete Sommer die Tür, als sie wenig später bei ihm zu Hause klingelten. Er wirkte übernächtigt, trug schwarze Trainingshosen und ein rubinrotes T-Shirt mit dem Logo der Elektronikfirma, die sie eben besucht hatten. In der linken Hand hielt er ein paar Salatblätter, von denen Wasser tropfte. Teuscher stellte seine Kollegen vor und bat um Einlass. Zögernd trat Sommer zur Seite und führte die Beamten in ein perfekt aufgeräumtes, aber unkonventionell eingerichtetes Wohnzimmer. Das Erscheinungsbild des Raumes war von der biederen Mutter aller Wohnzimmermöbel geprägt: einer riesigen, bedrohlich wirkenden Wohnwand. Aber im gleichen Raum standen auch zwei alte Flipperkästen, eine Rock-Ola-Jukebox – mit Single-Schallplatten aus Vinyl – und ein Terrarium, in dem sich eine reglose, von Buckeln und Stacheln übersäte Echse befand. Sommer hob den Deckel des Terrariums kurz an und liess die triefenden

Salatblätter hineinfallen, direkt vor die Nase der Echse, die das Nahrungsangebot reaktionslos ignorierte. Sie hätte wohl nicht mal mit den Wimpern gezuckt – wenn sie welche gehabt hätte. Unentschlossen liess Sommer seinen Blick durch den Raum schweifen, dann bot er den Beamten schulterzuckend Platz an. Teuscher setzte sich auf die Vorderkante eines in die Jahre gekommenen Stoffsessels, seine Kollegen blieben stehen.

«Sie haben sich heute krankgemeldet?», fragte Teuscher.

«Ja. Habe die ganze Nacht auf dem Scheisshaus verbracht.»

«Oh! … Aber jetzt fühlen Sie sich wieder besser?»

«Geht schon … Weshalb sind Sie hier?»

«Wir haben noch ein paar Dinge zu klären.»

Sommer blieb reglos wie seine Echse.

«Wir müssten wissen, ob Ihr Vater einen gewissen Georg König gekannt hat. Sagt Ihnen der Name etwas?»

«Und deshalb kommen Sie zu dritt?» Sommers Blick wanderte von einem Beamten zum anderen. «Die Frage hätte ich Ihnen auch am Telefon beantworten können. Nein, der Name sagt mir nichts.»

«Hat Ihr Vater oft von der Arbeit gesprochen?»

«Nie. War wohl nicht so aufregend, sein Job.»

«Er hat auch nicht irgendwelche Probleme erwähnt, beispielsweise mit … Baufirmen?»

Sommer schüttelte den Kopf. «Wie gesagt …»

Teuscher schaute sich im Zimmer um. Sein Blick blieb an den Flipperkästen hängen. «Funktionieren die noch?»

«Natürlich!» Sommers Stolz war unverkennbar.

Teuscher liess den Blick weiterschweifen, dann richtete er ihn wieder auf Sommer.

«Haben Sie noch irgendwelche Papiere Ihres Vaters im Haus. Bankauszüge? Korrespondenz? Bezahlte Rechnungen?»

Sommer überlegte kurz. «Ich glaube, im Keller sind noch zwei oder drei Kisten mit Papierkram. Aber was genau drin ist, weiss ich nicht.»

«Und wie steht's mit einem Computer?»

«Er hatte einen. Eine lahme, alte Kiste. Aber die existiert nicht mehr. Habe sie entsorgt.»

«Sie wohnen allein hier?»

«Warum?»

«Beantworten Sie einfach meine Frage!»

«Nur Herr Waran und ich.»

«Herr Waran?»

Sommer nickte Richtung Terrarium.

«Die Echse?»

«Genau.»

Teuscher seufzte. «Okay. Ich hoffe, Sie haben nichts dagegen, dass wir uns mal im Haus umsehen?»

«Doch. Eigentlich schon … es ist nicht aufgeräumt.»

Teuscher schaute sich demonstrativ um. «Sieht aber nicht so aus. Im Übrigen stört es uns nicht. Wir sind uns einiges gewöhnt.» Er zückte ein zusammengefaltetes Blatt aus seiner Brusttasche und reichte es Sommer. «Und wir haben einen Durchsuchungsbefehl.»

Sommer rupfte ihm das Papier unwirsch aus der Hand, entfaltete es und überflog es in Sekundenschnelle.

«Warum fragen Sie überhaupt?»

«Wir sind höfliche Menschen», antwortete Teuscher und wies seine Kollegen mit einem Kopfnicken an, mit der Durchsuchung zu beginnen.

## 19

Engel reckte den Hals und sah sich suchend in der Kantine des Polizeikommandos um. Er entdeckte Wagner und Teuscher an einem der Fenstertische. Sie sassen beim Mittagessen. Er trat zu ihnen und setzte sich hin.

«Werfen Sie mal einen Blick da drauf!», sagte er, schob die Gläser und das Gewürz zur Seite und legte ein Papier in die Mitte des Tischs. Die missbilligenden Blicke der beiden schienen ihn nicht zu kümmern: «Sie können nachher weiteressen», brummte er und rückte näher heran.

Wagner legte seufzend sein Besteck hin und wischte sich den Mund ab. Teuscher ass weiter. «Was ist das?», fragte er mit vollem Mund.

«Schauen Sie es sich an!», forderte Engel und tippte energisch mit dem Zeigefinger auf das Papier.

Wagner griff nach dem Blatt und überflog es wortlos, dann hielt er es Teuscher hin, der mit zusammengekniffenen Augen las.

«Ja, und?», fragte Teuscher und schob sich den nächsten Bissen in den Mund.

Wagner legte das Blatt wieder hin und schaute Engel fragend an.

«28. Mai 1983», verkündete Engel mit gedehnten Worten. «Sagt Ihnen dieses Datum etwas?» Sein Blick wanderte zwischen den beiden hin und her.

«Ja, schon», antwortete Wagner zögerlich. «Alexander Sommers Geburtstag. Steht ja auf dem Blatt.»

«Und sonst?»

«Ich weiss nicht …»

«Erinnern Sie sich an das Datum von Dieter Sommers Verfügung?»

«Die Körperspende?», fragte Teuscher und legte nun auch das Besteck hin.

Engel nickte und lehnte sich lächelnd zurück.

«Der 28. Mai 1983!», riefen Teuscher und Wagner wie aus einem Mund.

«Exakt!» Engel schlug mit der flachen Hand auf den Tisch.

«Wie kommt ein Mann dazu, sich ausgerechnet an dem Tag, an dem er Vater eines gesunden Jungen wird, mit dem Tod zu befassen und eine derartige Verfügung zu unterzeichnen?», fragte Wagner. «Normalerweise pflanzt man einen Baum, macht ein Fest, besäuft sich, spendet Geld für gemeinnützige Zwecke oder schliesst eine Lebensversicherung ab. Aber man macht sich doch nicht zum Körperspender!»

«Müller meinte, dass manche dieser Leute der Medizin etwas zu verdanken hätten», gab Engel zu bedenken. «Sie wollen sich auf diese Weise erkenntlich zeigen. Vielleicht gab es bei Sommers Probleme während der Schwangerschaft?»

«Schon möglich», räumte Teuscher ein. «Aber ich würde mich trotzdem lieber besaufen.» Und er fügte hinzu, dass er sich nicht vorstellen könne, was die Verfügung – so schräg sie auch sein möge – mit Sommers Ermordung zu tun habe.

Um 17 Uhr trafen sie sich im Sitzungszimmer: Engel, Teuscher, Wagner, Schwegler und Untersuchungsrichterin Marti.

Engel war es trotz wiederholter Versuche nicht gelungen, noch einmal mit Robert Kramer junior Kontakt aufzunehmen. Weder am Arbeitsplatz noch in der Londoner Wohnung. Die Tatsache, dass der junge Mann eine Falschaussage gemacht hatte, und auch der abrupte Unterbruch des Telefongesprächs waren nicht dazu geeignet, ihn von der Liste der Verdächtigen zu streichen. Engel wollte noch bis am nächsten Morgen warten. Falls er Kramer bis dann nicht erreichen oder von ihm keine plausible Erklärung für die Falschaussage erhalten sollte, würde er beantragen, ihn international zur Fahndung auszuschreiben. Wohl oder übel, obwohl er noch keine Ahnung hatte, wie er Kramer mit Sommer in Verbindung bringen wollte.

Im Tiefbauamt hatte man bisher keine Hinweise gefunden, dass Sommer und König sich gekannt hatten. Auch mit den Unterlagen, die Teuscher in Alexander Sommers Haus beschlagnahmt hatte, hatten die Beamten kein Glück gehabt.

Nachdem man alle Informationen ausgetauscht hatte, schlug Engel eine Akte auf und blätterte darin herum. «Ich habe die Verhörprotokolle der letzten Tage noch einmal eingehend studiert und bin auf zwei Punkte gestossen, die mich stutzig machten.» Er schaute auf und blickte in erwartungsvolle Gesichter.

«Das hier ist das Protokoll des Gesprächs mit Alexander Sommer. Wir haben ihn gefragt, ob er Robert Kramer kenne. Ich zitiere: *Kennen Sie einen gewissen Robert Kramer? – Nie gehört. Ist er der Täter? – Nein. Er ist auch vergiftet worden. Ein Musiker. – Ich kenne niemanden aus dieser Szene.*»

Wieder blickte Engel in die Runde. Diesmal war er es, der erwartungsvoll dreinschaute. Aber in den Gesichtern der Untersuchungsrichterin und seiner Kollegen sah er keine Zeichen der Erleuchtung. Sie schienen auf die Fortsetzung zu warten.

«Das ist alles ... Ende Zitat!», machte Engel klar. Und nach einer kurzen Pause. «Ihr seht es nicht?»

«Nein», antwortete Marti trocken und die anderen schüttelten die Köpfe. «Können Sie die Passage noch einmal vorlesen?»

Engel tat wie geheissen – mit demselben Erfolg.

«*Ich kenne niemanden aus dieser Szene,* hat er gesagt.»

Immer noch keine Reaktion. Engel verwarf die Hände. «*Diese Szene!* Wieso sagte er *diese Szene?* Er konnte doch gar nicht wissen, von welcher Szene die Rede war.»

«Na, von der Musikszene!», sagte Marti schnippisch. «Man hat es ihm ja gesagt.»

«Ja, schon … aber es gibt klassische Musik, Folklore, Rock, Pop, Jazz … da spricht man nicht einfach von der Musikszene, sondern von der Rockszene, der Folkloreszene … und von der Jazzszene – oder etwa nicht?»

Zehn Sekunden lang blieb es still. Wagner und Schwegler schauten zu Boden, Teuscher wiegte den Kopf hin und her, bis Marti schliesslich das Wort ergriff: «Finden Sie das nicht ein bisschen weit hergeholt?»

«Vielleicht. Vielleicht auch nicht! Auf jeden Fall werden wir der Sache nachgehen.»

«Und der zweite Punkt?», fragte Marti.

Engel blätterte wieder in der Akte. «Die Befragung der Musiker. Auf Grund ihrer Aussagen wäre es denkbar, dass nicht Kramer umgebracht werden sollte, sondern König. Die Mundstücke könnten verwechselt worden sein …»

«… Nun machen Sie aber einen Punkt, Herr Kommissar!», unterbrach ihn Marti resolut. «Bis jetzt sprachen wir noch vom Tatverdächtigen König, nun soll er plötzlich ein Opfer sein?»

«Das habe ich so nicht gesagt, Frau Untersuchungsrichterin», konterte Engel leise. «Ich habe lediglich darauf hingewiesen, dass man diese Möglichkeit in Betracht ziehen sollte – und das werden wir auch tun.»

«Schon gut!», beschwichtigte Marti, die in den letzten Jahren auch gelernt hatte, was es bedeutete, wenn Engel leise wurde. «Also, fassen wir zusammen: Als Tatverdächtige haben wir im Moment Alexander Sommer, Robert Kramer junior und Georg König, der gleichzeitig als mögliches Opfer in Frage kommt. Sehe ich das richtig?»

Engel nickte und fügte an: «Das sind sicher nicht die Einzigen, aber für mich im Moment die Favoriten. Irgendwie und irgendwo müssen wir ja anfangen.»

«Aber eine Verbindung zwischen den beiden Fällen haben wir immer noch nicht», stellte Wagner fest.

«Das stimmt. Leider. Mit King George sind wir allerdings nah dran. Aber wir brauchen Beweise!»

Schwegler, der die ganze Zeit geschwiegen hatte, meldete sich zu Wort. Bei der Durchsicht von Robert Kramers Sachen – er meinte den Senior – sei er auf ein Dokument gestossen, das möglicherweise nicht ganz so bedeutungslos sei wie die anderen Papiere, die man bisher gefunden habe. Zum einen, weil es nicht bei den übrigen Unterlagen lag, sondern versteckt in einem Buchumschlag, zum anderen wegen des Inhalts: eine Vorladung des Eidgenössischen Amtes für das Zivilstandswesen.

«Eidgenössisches Amt für das Zivilstandswesen?», echote Teuscher. «Sollte uns das aufregen?»

«Nun, wie gesagt, Kramer hatte das Dokument offensichtlich versteckt. Das allein macht es doch interessant.»

«Mag sein, aber ...»

«... Womit befasst sich dieses Amt?», fuhr Engel dazwischen.

«Im Detail weiss ich es noch nicht, aber im Internet habe ich eine Zusammenstellung gefunden, welche die Aufgaben grob umreisst.» Schwegler begann vorzulesen: «Das Eidgenössische Amt für das Zivilstandswesen ist zur selbstständigen Erledigung folgender Geschäfte ermächtigt. Erstens: Erlass von Weisungen über die Beurkundung des Personenstandes, die Vorbereitung der Eheschliessung und die Trauung sowie die Sicherstellung der Register und Belege. Zweitens: Inspektion der Zivilstandsämter, der Aufsichtsbehörden und der kantonalen Zivilstandsarchive. Drittens: Austausch und Beschaffung von Zivilstandsurkunden. Das Amt kann für den Austausch und die Beschaffung von Zivilstandsurkunden direkt mit Vertretungen der Schweiz im Ausland sowie mit ausländischen Behörden und Amtsstellen verkehren.»

«Klingt extrem spannend», spöttelte Wagner.

Teuscher blies ins gleiche Horn: «Vielleicht versteckt sich hinter diesem Amt ein schweizerischer Geheimdienst? Ihr wisst schon … 007 … Miss Moneypenny …»

Engel brachte ihn mit einem strafenden Blick zum Schweigen und richtete sich wieder an Schwegler. «Für welches Datum galt die Vorladung?»

«Für den 2. Mai 2005. Das Schreiben selbst ist vom 21. April 2005.»

«Also erhielt er es knapp drei Monate vor seinem Tod», sinnierte Engel. «Ich denke, dass wir auch dieser Sache nachgehen sollten.»

Engel erteilte Teuscher den Auftrag, noch einmal Alexander Sommer aufzusuchen und ihn auf seine Aussage bezüglich der «Musikszene» anzusprechen. Im Übrigen wurde der Durchsuchungsbefehl, der bis anhin nur für die Habseligkeiten seines Vaters galt, auch auf seine Besitztümer erweitert.

Untersuchungsrichterin Marti stellte auch die nötigen Papiere aus, damit Wagner an Königs Arbeitsplatz und bei ihm zu Hause nach Beweisen für eine allfällige Verbindung zu Dieter Sommer suchen konnte.

Engel selbst wollte erneut versuchen, mit Robert Kramer junior Kontakt aufzunehmen, um die Sache mit der Falschaussage zu klären. Und er beabsichtigte, die Witwe Kramer zu der Vorladung zu befragen, die Schwegler in den Sachen ihres Mannes gefunden hatte. Falls sie keine plausible Erklärung haben sollte, wollte er sich direkt an das Amt wenden.

## 20

Teuscher hatte einen Streifenwagen losgeschickt, der Alexander Sommer an dessen Arbeitsplatz abholen und nach

Hause fahren sollte. Teuscher selbst fuhr direkt zu dessen Adresse. Als er mit zwei Kollegen des KTD dort eintraf, war der Streifenwagen auch schon da – aber ohne Sommer. Er sei immer noch krankgeschrieben, teilten ihm die uniformierten Kollegen mit.

Teuscher klingelte und klopfte mehrmals an die Tür, aber im Inneren des Hauses schien sich nichts zu rühren. Dann versuchte er, Sommer telefonisch zu erreichen. Zunächst auf dem Handy, aber er wurde nur mit Sommers Mailbox verbunden. Danach wählte er die Festnetznummer. Von draussen konnte er hören, dass drinnen das Telefon klingelte, aber niemand ging ran. Er ging um das Haus herum und versuchte, durch die Fenster zu spähen, konnte wegen der Vorhänge jedoch nichts erkennen. Nach dem erfolglosen Rundgang hätte er am liebsten die Tür eingetreten, doch da keine Gefahr im Verzug war, musste er sein Temperament zügeln. Nach kurzem Zögern forderte er vorschriftsgemäss einen Schlüsseldienst an. Zwanzig Minuten dauerte es, den zuständigen Monteur ans Telefon zu bekommen, weitere zwanzig, bis dieser bei Sommers Haus eintraf, und nochmals zwanzig – allerdings nur Sekunden –, bis die Tür offen war.

Im ganzen Haus herrschte Ordnung, und das Terrarium mit dem versteinert wirkenden Herrn Waran war herausgeputzt und mit reichlich Proviant versehen. Drei Stunden lang durchwühlten die Beamten das Haus, ohne den geringsten Hinweis zu finden, dass Sommer in irgendeiner Form etwas mit den beiden Verbrechen zu tun haben könnte. Zwischendurch versuchte Teuscher immer wieder, Sommer auf dem Handy zu erreichen.

Als sie mit der Durchsuchung fertig waren, packten sie einige Ordner mit Bank- und Rechnungsbelegen ein, einen Korrespondenzordner und Sommers Notebook. Um diese Dinge zu überprüfen, würden sie mehr Zeit benötigen – und mehr Personal.

König war ausser sich, als er ins Büro seines Chefs zitiert wurde, wo ihm Wagner den Durchsuchungsbefehl unter die Nase hielt. Er sprach von Rufmord und Verleumdung, davon, dass man ihn an seinem Arbeitsplatz unmöglich mache – womit er vermutlich nicht ganz unrecht hatte, wenn man den Gesichtsausdruck seines Chefs richtig interpretierte.

Die Unterlagen aus Georg Königs Büro füllten mehrere Umzugskartons. Hinzu kamen sein Computer und die Sachen aus seiner Wohnung.

Engel war es in der Zwischenzeit nicht gelungen, Robert Kramer junior zu erreichen. Auch nicht unter der privaten Handynummer, die er von Lena Kramer erhalten hatte. Die Nummer stammte von einem schweizerischen Anbieter, was Engel erstaunte, da Kramer seit fast zwei Jahren im Ausland lebte. Andererseits war er froh darüber, denn so konnte er ohne grössere Umstände an Kramers Anrufliste kommen. Marti hatte die nötigen Vollmachten ausgestellt. Mit der Fahndung wollte sie noch warten.

## 21

Verstohlen schaute er nach links und rechts, dann drehte er langsam den Schlüssel und öffnete die Tür zu dem Raum, den er schon lange nicht mehr betreten hatte. Ein muffiger Geruch schlug ihm entgegen. Angewidert wandte er sich ab und wartete kurz. Dann huschte er hinein, drückte rasch die Tür ins Schloss und sperrte ab. Erst jetzt tastete er nach dem Lichtschalter.

An der Decke begann zögerlich eine Neonlampe zu flackern, begleitet von leisem, metallischem Klimpern. Nach wenigen Sekunden hörte das Flackern auf, grellweisses Licht erhellte den fensterlosen Raum und das Klimpern wich einem kaum hörbaren Surren. Er schaute sich um. Alles schien unverändert, wie vor Monaten, als er das letzte Mal hier gewesen war: weiss getünchtes, kahles Mauerwerk, der Boden aus Naturbeton, mit einem Abflussgitter in der hinteren linken Ecke. An der Wand rechts neben der Tür hing ein grosses Waschbecken aus beigem Kunststoff, darüber ein fleckiger Wasserhahn mit Kalkablagerungen. Im Raum verteilt standen mehrere, nicht zusammenpassende Tische. Sie waren mit diversen Gegenständen und Geräten überstellt, Kabel hingen von ihnen herab und liefen am Boden auf die einzige Steckerleiste zu. Ein schmales, mannshohes Bücherregal, ein kleiner Kühlschrank, ein Bürostuhl und ein abgewetzter Stoffsessel, der sich zu einem Bett ausklappen liess, ergänzten das Inventar.

Ja, alles war unverändert – bis auf die Staubschicht und die paar schwarzen Spinnen, die reglos und mit zusammengekrümmten Beinen herumlagen. Nachdem er einen der Tische und den Bürostuhl vom gröbsten Staub befreit und zumindest einige der Spinnenleichen weggewischt hatte, setzte er sich hin.

Er hatte nicht damit gerechnet, dass man ihm auf die Schliche kommen würde. Nicht jetzt. Nicht nach so langer Zeit! Zugegeben, während der ersten Tage und Wochen hatte er befürchtet, dass es passieren könnte – und damals wäre er auch vorbereitet gewesen. Aber mit der Zeit hatte er sich immer sicherer gefühlt und war zur Überzeugung gelangt, alle Zeit der Welt zu haben, um seine Mission zu vollenden. Nun musste er umdenken, und obwohl er nicht davon ausging, dass die Polizei ihm unmittelbar auf den Fersen war, konnte und wollte er nicht riskieren, länger mit der Umsetzung seines Plans zu warten.

Er holte ein dickes, gelbes Notizheft aus seinem Rucksack, fächerte die Seiten langsam durch und hielt den Finger dazwischen, als er zu der gesuchten Stelle kam. Sie war mit Notizen und Skizzen vollgekritzelt, genau wie die vorangehenden und die folgenden Seiten. Eingeklebte Zeitungsausschnitte und Computerausdrucke ergänzten die handschriftlichen Eintragungen. Er begann zu lesen. Aufmerksam, Seite um Seite. Dabei nahm er sich viel Zeit, hielt immer wieder inne und dachte nach. Nach einer knappen Stunde klappte er das Heft zu, legte es auf den Tisch und rieb sich die Augen.

«Es wird knapp», sagte er halblaut, «aber es sollte reichen … Morgen Abend!»

# Freitag, 11. November 2005

## 1

Lena Kramer hatte nichts von der Vorladung gewusst – und sie konnte auch keine Erklärung dafür finden.

Kurz vor 14 Uhr fuhr Engel am Bundesrain 20 vor, dem Sitz des Eidgenössischen Amtes für das Zivilstandswesen. Er stellte den Wagen auf dem Gästeparkplatz ab und befreite Kojak aus dem Zwinger. Während er prüfte, ob sich die benötigten Dokumente in der Innentasche seiner Jacke befanden, schnupperte Kojak an einem Baum und hinterliess seine Duftmarke.

An der Eingangstür signalisierte ein kleines Schild, dass Hunde im Gebäude nicht willkommen seien. Engel zögerte, aber nur ganz kurz. Dann betrat er mit Kojak das Gebäude. Die einzige Konzession, die er an die Hausordnung machte, war, dass er Kojak an die Leine nahm. «Erstens bist du ein Polizeihund im Einsatz», flüsterte er, «und zweitens können die uns mal … selber schuld … hätten meine Fragen ja auch am Telefon beantworten können.»

Dem jungen Mann am Empfang, dessen rechte Augenbraue gepierct war, stellte sich Engel mit strengem Blick vor.

«Ich bin mit Frau Hasler verabredet.»

«Schön», meinte der Gepiercte. Engel fühlte sich durch die Wortwahl ein wenig irritiert. Und anstatt sich unverzüglich ans Telefon zu begeben, um Frau Hasler Engels Eintreffen anzukündigen, richtete der junge Mann seinen missbilligenden Blick auf Kojak. Er holte tief Luft, um etwas zu sagen, aber Engel kam ihm zuvor:

«Der Hund kommt mit! Bitte geben Sie jetzt Frau Hasler Bescheid.»

Annette Hasler war mittelschlank, Anfang vierzig, hatte eine dunkelbraune Kurzhaarfrisur und war sehr elegant gekleidet. Für Engels Geschmack ein wenig zu stark geschminkt. Und sie war Raucherin, was er trotz ihres betörenden Parfums deutlich riechen konnte. Sie führte ihn in ihr Büro und bot ihm Platz an.

Der Raum war einfach und zweckmässig eingerichtet, aber verschiedene Kleinigkeiten, wie beispielsweise die mit roten und grünen Äpfeln gefüllte Kristallschale, die Schnittblumen mit den bunten Strahlenblüten, deren Name Engel nicht kannte, oder der kunstvolle, anthrazitfarbige Kerzenständer mit den rosaroten Kerzen, verliehen dem Raum Wärme und Charme.

«Kann ich Ihnen etwas zu trinken anbieten? Kaffee, Tee, Wasser?»

Engel lehnte dankend ab.

«Und ihr charmanter kleiner Begleiter? Möchte der vielleicht eine Schale Wasser?»

Ein Lächeln huschte über Engels Gesicht. «Nein, nein, sehr freundlich, aber das ist wirklich nicht nötig.»

«Gut. Also, Herr Engel. Wie kann ich Ihnen helfen?»

Engel griff in die Innentasche seiner Jacke und holte Kramers Vorladung hervor. Er faltete das Blatt auseinander, legte es sachte auf den Tisch und strich es glatt.

«Die gleiche Frage wie heute Morgen am Telefon: Wieso haben Sie Herrn Kramer diese Vorladung zugestellt?»

Hasler warf einen flüchtigen Blick auf das Papier. Dann schaute sie in Engels Gesicht und lächelte. «Die gleiche Antwort wie heute Morgen am Telefon: Das darf ich Ihnen nicht sagen.»

«Datenschutz?»

«Datenschutz!»

«Herr Kramer wurde ermordet. Vergiftet! Wir suchen einen Mörder!»

«Ich weiss. Auch das haben Sie mir schon erzählt. Aber ohne richterliche Verfügung kann ich wirklich nichts machen!»

«Wenn's weiter nichts ist …» Engel griff wieder in seine Innentasche und holte ein zweites Papier hervor, mit dem er triumphierend herumwedelte.

Annette Hasler streckte die Hand aus. «Darf ich?»

Engel reichte ihr die Verfügung und beobachtete sie, während sie las. Sekunden später faltete Annette Hasler das Papier zusammen und legte es auf den Tisch.

«Tja, das ist dann wohl Ihr ‹Sesam, öffne dich!›», meinte sie lakonisch. «Geben Sie mir zehn Minuten? Ich muss mich absichern. Das Büro meines Chefs ist eine Etage höher … Sie und Ihr süsser kleiner Freund dürfen gern hier warten.»

Kaum hatte Annette Hasler den Raum verlassen, ertönte der Klingelton von Engels Handy. Auf dem Display leuchtete die Nummer von Teuschers Büroanschluss. Engel drückte die Annahmetaste und meldete sich mit einem knappen «Ja».

«Er hat angerufen.»

«Wer?»

«Kramer.»

«Ach … tatsächlich?»

«Ja. Ich habe fast eine halbe Stunde mit ihm gesprochen.»

Engel spürte, dass sein Puls schneller wurde. «Und? Machen Sie es nicht so spannend!»

«Der Akku seines Handys sei leer gewesen.»

«Ha! Jetzt bin ich aber überrascht!»

«Und er habe viel zu tun gehabt. Deshalb habe er jetzt erst zurückrufen können.»

«So ein Blödsinn! Was meint der Kerl eigentlich? Hält er uns für Idioten?»

«Offenbar. Aber das Beste kommt erst noch.»

«Die Begründung für seine Falschaussage?»

«Genau. Sie werden keine Freude daran haben.»

«Egal. Raus damit!»

Robert Kramer junior sei von seinem Vater zu den Jazztagen eingeladen worden, speziell für das Konzert vom 12. Juli, berichtete Teuscher. Aber er habe kein Interesse gehabt. Weder für die Lenk noch für das Konzert. Er möge die Berge nicht, bevorzuge Seelandschaften und maritime Regionen. Und er habe die Leidenschaft für Musik nie mit seinem Vater geteilt, schon gar nicht jene für den Jazz. Das pseudointellektuelle Getue, der elitäre Anstrich, den man dieser Musik zumindest im Umfeld seines Vaters stets verpasst habe, sei ihm schon als Kind auf den Wecker gegangen. Und an den Konzerten, zu denen er bis ins fortgeschrittene Teenageralter mitgeschleppt worden sei, habe er sich immer fürchterlich aufgeregt, weil die Zuhörer – ob sie nun eine Ahnung von Musik hatten oder nicht – mit ständigem Kopfnicken und wiederholten «yeah»-Rufen zu zeigen versuchten, dass sie zu der erlauchten Gilde der Jazz-Versteher gehörten. Kramer junior habe keine Lust gehabt, in die Lenk zu reisen. Andererseits habe er seinen Vater nicht unnötig vor den Kopf stossen wollen und ihm, beziehungsweise seiner Mutter, schon Monate zuvor mitgeteilt, dass er nicht aus London wegkönne. Nachdem er am 12. Juli trotzdem in die Schweiz gereist sei, um ein paar geschäftliche Angelegenheiten zu erledigen, sei er einfach bei seiner Notlüge geblieben. Nachher, nach dem Tod seines Vaters, habe er sich natürlich schäbig gefühlt und erst recht nicht mit der Wahrheit rausrücken können.

«Und das hätte er uns nicht schon früher mitteilen können?», fragte Engel nach einer kurzen Pause.

«Er wollte es zuerst seiner Mutter beichten. Sie sollte es nicht von uns erfahren.»

Engel schloss die Augen und kratzte sich am Nacken. «Tönt verdammt plausibel.»

«Ich sagte ja, Sie werden keine Freude haben.»

«Hat er Alibis? Seine Geschäftstermine?»

«Ja. Aber nicht lückenlos. Nur für den Vormittag. Den Nachmittag habe er mit einem ausgedehnten Spaziergang am See verbracht.»

«Na also. Dann ist er noch nicht vom Haken. Wo hält er sich jetzt auf?»

«In London.»

«Hat er über das Festnetz angerufen?»

«Nein. Mit dem Handy.»

«Okay», sagte Engel, als Annette Hasler von ihrem Vorgesetzten zurückkehrte. «Ich muss Schluss machen. Wir können das nachher weiterbesprechen.»

Annette Hasler setzte sich zu Engel, und er konnte wieder die Mischung aus Parfum und Zigarettenrauch riechen. Sie legte eine Akte und zwei Bücher auf den Tisch. Gesetzbücher, wie er vermutete, aber er konnte deren Titel nicht erkennen, weil sie mit der Rückseite nach oben lagen.

«Also, Herr Engel. Bevor ich Ihre Fragen beantworte, möchte ich darauf hinweisen, dass Sie in den Besitz von sehr sensiblen Informationen gelangen werden. Ich muss Sie ersuchen, äusserst umsichtig damit umzugehen ... Sie könnten sonst unermesslichen Schaden anrichten.»

Engel versuchte, seine Neugier zu zähmen, und gab der Frau leicht brüskiert zu verstehen, dass er durchaus in der Lage sei, verantwortungsbewusst mit heiklen Informationen umzugehen. Manchmal, speziell im Rahmen von Ermittlungs- oder Gerichtsverfahren, könne man jedoch nicht verhindern, dass derartige Informationen einem breiten Publikum zugänglich gemacht werden.

«Dessen bin ich mir bewusst», entgegnete Hasler mit einem versöhnlichen Lächeln. «Aber ich musste es einfach sagen, so, wie man jemandem sagt: Fahr vorsichtig! Es nützt zwar nichts, aber man fühlt sich besser.»

«Ja, da mögen Sie wohl recht haben … ein guter Vergleich!»

Während Annette Hasler die vor ihr liegende Akte ergriff, ertappte sich Engel, wie er an ihren Händen nach einem Ring Ausschau hielt. Ziemlich plump offenbar, denn Haslers Reaktion kam prompt:

«Noch vor wenigen Jahren hätte ich mich als Fräulein Hasler vorgestellt», sagte sie mit einem spitzbübischen Lächeln. «Dann hätten Sie gleich gewusst, dass ich noch ledig bin … und nicht nach einem Ring schielen müssen … Aber ‹Fräulein› ist halt nicht mehr zeitgemäss.»

Engel wurde puterrot und gab einen grunzenden Laut von sich, den man mit viel Fantasie als Entschuldigung deuten konnte.

«Und Sie?»

«Äh … was meinen Sie …?»

«Na … sind Sie verheiratet? Sie tragen ja auch keinen Ring.»

«Nein … ähm … ich bin geschieden.»

«Gut. Dann hätten wir das geklärt.» Annette Hasler öffnete die Akte und schob sie über den Tisch. «Voilà!»

Engel verharrte noch ein Weilchen in seiner Verblüffung, dann erst senkte er langsam den Blick und begann zu lesen. Zwei Minuten später sah er wieder auf, mit hochgezogenen Augenbrauen und einem kräftigen Pochen in der Brust.

«Ja», sagte Annette Hasler und strich sich eine Haarsträhne aus der Stirn, die gar nicht da war. «Wir haben Herrn Kramer im Rahmen eines Auskunftsverfahrens kontaktiert. Aber zuerst hat er überhaupt nicht reagiert – und später nur sehr abweisend. Deshalb waren wir gezwungen, ihm diese Vorladung zuzustellen.»

«Und? Ist er hier aufgetaucht?»

«Letztendlich, ja. Er sass genau da – auf dem gleichen Stuhl wie Sie. Allerdings nur kurz. Die meiste Zeit ist er im

Zimmer herumgetigert, hat geschrien und getobt. Wie ein Irrer hat er sich aufgeführt. Ich hatte Angst, dass er alles kurz und klein schlägt – obschon ich ihn natürlich verstehen konnte. Ich kann sie immer verstehen.»

«Wen können Sie immer verstehen?»

«Na, die Männer, die in die gleiche Situation kommen wie er.»

«Das heisst, er wollte nicht, dass …»

«… Um Gottes willen», fiel Annette Hasler ihm ins Wort. «Um keinen Preis! Er hätte alles getan, um es zu verhindern.»

Engel schaute sie nachdenklich an. «Ich auch …», stellte er schliesslich mit einem Kopfnicken fest, «… an seiner Stelle hätte ich genau so reagiert.»

«Aber genau wie Herr Kramer hätten auch Sie keine Chance gehabt!»

«Wieso keine Chance? Es kann doch nicht sein … und wo bleibt *da* der von Ihnen so gepriesene Datenschutz?»

«Oh! Der wird sehr gross geschrieben! Ich dachte, das hätte ich klargemacht. Aber wie Sie wissen, sieht das Gesetz übergeordnete Interessen vor. Beispielsweise die Aufklärung eines Mordes. Das ist ja auch der Grund, weshalb diese Akte jetzt offen vor Ihnen liegt.»

Engel las weiter.

«Und das Interesse dieser … dieser Gesuchsteller oder Gesuchstellerinnen gilt auch als … übergeordnet?», fragte er wenig später.

«So ist es. Und zwar automatisch, das heisst, sie brauchen ihr Anliegen nicht einmal zu begründen. Das Recht ist in der Bundesverfassung verankert. Artikel 119.» Annette Hasler tippte mit dem Finger auf die vor ihr liegenden Bücher.

«Grotesk!» Engel schüttelte den Kopf. «Für mich unverständlich und inakzeptabel. Aber Kramer hatte ja gewusst, worauf er sich einliess, als er sich damals zu dem Schritt entschloss.»

«Eben nicht», widersprach sie. «Das ist ja das Schärfste an der ganzen Sache!»

Engel staunte über ihre Aussage – und auch ein wenig über ihre Ausdrucksweise. «Wie meinen Sie das?»

«Der Artikel 119, der jeder Person ein ‹Recht auf Zugang zu den Daten über ihre Abstammung› einräumt, ist erst 1992 in die Bundesverfassung aufgenommen worden. Und das Fortpflanzungsmedizingesetz mit den entsprechenden Verordnungen trat noch später in Kraft, also Jahre, nachdem Herr Kramer sich für die Sache hergegeben hatte. Ursprünglich hatte man ihm – genau wie zahlreichen anderen Männern – zugesichert, dass er unter allen Umständen anonym bleiben werde. Sie können sich sicher vorstellen, was dieser Artikel 119 ausgelöst hat!»

«Panik, nehme ich mal an. Angst vor Vaterschaftsklagen und finanziellen Forderungen. Und wahrscheinlich hat sich seither niemand mehr als Samenspender zur Verfügung gestellt.»

«Genau so war es. Wenigstens zu Beginn, unmittelbar nachdem die neuen Gesetze in Kraft getreten waren. Aber mittlerweile hat sich die Situation wieder entschärft. Vaterschaftsklagen gegen Samenspender sind nach heutiger Rechtslage nicht möglich, und es können auch keine finanziellen Forderungen an die Spender gestellt werden. Aber das Auskunftsrecht des Kindes ist natürlich immer noch ein äusserst heisser Diskussionspunkt, wenn es darum geht, neue Spender zu rekrutieren. Die Praxis in Schweden und Österreich hat allerdings gezeigt, dass nur sehr wenige dieser Kinder erfahren, dass sie mit Spendersamen gezeugt wurden. Wahrscheinlich weniger als ein Prozent – und die meisten von ihnen haben gar nicht das Bedürfnis, ihren biologischen Vater kennenzulernen.»

«Und wie läuft das ganze Auskunftsverfahren ab?»

«Nach vollendetem 18. Lebensjahr kann das Kind schriftlich Auskunft über die äussere Erscheinung und die Personalien des Spenders verlangen. Bevor wir die Auskunft erteilen, informieren wir wenn immer möglich den Spender und geben ihm Gelegenheit für eine Stellungnahme. Er kann den persönlichen Kontakt mit dem Kind natürlich ablehnen, aber er kann unsere Auskunft nicht verhindern. Wenn er den Kontakt ablehnt, informieren wir das Kind entsprechend und machen es sehr eindringlich auf die Persönlichkeitsrechte des biologischen Vaters und den Schutzanspruch seiner Familie aufmerksam.»

«Aber eben ... die Auskunft wird trotzdem erteilt.»

«Ja. Wenn das Kind darauf beharrt, wird sie erteilt.»

«Und Herr Kramers Kind? Beharrte es?»

«Ja. Ganz entschieden!»

Engel schürzte die Lippen und lehnte sich zurück. «Ziemlich pikante Angelegenheit», brummte er nach einer Weile und starrte auf die Akte. Das Pochen in seiner Brust wurde heftiger. «Haben sich die beiden getroffen?»

«Das weiss ich nicht.» Einen Moment lang war es still. «Na los!» Annette Hasler machte eine aufmunternde Geste. «Blättern Sie schon um! Sie wollen doch unbedingt wissen, wer der Gesuchsteller war?»

Natürlich wollte Engel genau das wissen! Er brannte darauf! Trotzdem zögerte er, weil er fürchtete, vom Ergebnis enttäuscht zu sein. Noch immer starrte er auf die erste Seite mit Kramers persönlichen Daten und dem Datum der Samenspende. Dann blätterte er um. Er überflog das Blatt, machte einen tiefen Seufzer und griff nach seinem Handy.

«Wir haben ihn», sagte er leise, als Teuscher sich meldete.

Beschwingt verliess Engel Minuten später das Gebäude. Die Fahndung war eingeleitet, und für 16 Uhr hatte er eine Besprechung angesetzt.

Ausnahmsweise verzichtete er darauf, Kojak in den Autozwinger zu sperren. «Wir müssen reden», sagte er gespielt ernsthaft, öffnete die Beifahrertür und liess Kojak auf den Sitz springen.

«Na, was meinst du, mein Junge?», fragte er in verschwörerischem Ton, nachdem er den Wagen aus dem Parkfeld manövriert hatte. «Sie ist doch ziemlich attraktiv, nicht wahr? Und charmant … gebildet … ein bisschen frech vielleicht?» Er bog in die Hauptstrasse ein und schaute lächelnd zu Kojak, der auf dem Beifahrersitz sass und mit gerecktem Hals durchs Fenster spähte. «Auf dich steht sie ganz bestimmt … und wer weiss …», er betrachtete sich im Rückspiegel und strich sich die Haare glatt, «… vielleicht auch ein wenig auf mich? … Nur das Rauchen müssten wir ihr abgewöhnen … andererseits … ich könnte mir ja auch wieder mal eine Zigarre gönnen …»

## 2

Um 16 Uhr hatte Engel das Ermittlungsteam über die – wie er sich ausdrückte – «faszinierenden Erkenntnisse» informiert, die er bei seinem Besuch im Eidgenössischen Amt für das Zivilstandswesen gewonnen hatte. Jedenfalls soweit sie berufliche Aspekte betrafen.

Die vierzehn Sitzungsteilnehmer hatten seinen Ausführungen gebannt zugehört und sowohl Untersuchungsrichterin Marti als auch Staatsanwalt Bieri gingen für einmal mit ihm einig: Alexander Sommer war der mutmassliche Täter.

Die Fahndung nach Sommer lief seit fast zwei Stunden auf Hochtouren. Bis jetzt ergebnislos. Natürlich wurde sein

Haus überwacht und auch an seinem Arbeitsplatz hatte man einen Mann postiert. Die üblichen Routinemassnahmen waren ergriffen worden, aber die Beamten hatten keine Vorstellung, wie und wo sie gezielt nach Sommer suchen könnten.

«Wir müssen unbedingt mehr über seine Gewohnheiten erfahren», stellte Engel fest. «Mit wem er zusammen ist, wohin er ausgeht, welche Restaurants oder Bars er besucht, welche Sportanlässe, Konzerte oder Puffs. Welche Filme er mag … einfach alles. Wer ist an seinem Arbeitsplatz? Er soll sich bei Sommers Kollegen umhören, bevor die alle ins Wochenende gehen. Vielleicht kann uns einer von ihnen einen nützlichen Tipp geben.» Engel schaute Wagner an. «Können Sie das veranlassen?»

Dann wandte er sich an Teuscher. «Wer kümmert sich um sein Notebook?»

«Raphi.»

«Okay. Er soll Gas geben! E-Mails, Chatrooms, Diskussionsforen und wie die Dinger alle heissen.»

Teuscher nicke.

«Zahlungsverkehr, Kreditkarteneinsatz und Korrespondenz?»

Vier Hände schossen in die Höhe.

«Sehr gut», befand Engel und nickte zufrieden. «Also Leute. Da wir nicht wissen, ob Sommer noch ahnungslos ist oder bereits weiss, dass wir ihm im Nacken sitzen, müssen wir uns bei allem, was wir in den nächsten Stunden tun, von zwei Fragen leiten lassen. Erstens: Wo könnte der Mann sich an einem gewöhnlichen Freitagabend aufhalten? Und zweitens – für den Fall, dass er uns schon bemerkt hat: Wo könnte er sich verstecken?»

Er warf einen Blick auf die Uhr. «Sofort melden, falls ihr auf etwas Interessantes stosst. Ansonsten treffen wir uns wieder hier um … genau … 19 Uhr. Los geht's!»

Die meisten standen unverzüglich auf und verliessen den Raum. Engel, Marti und Bieri blieben sitzen. Teuscher, der etwas weiter weg sass, gesellte sich zu ihnen. Zwei Minuten später stiess auch Wagner dazu, nachdem er dem Beamten an Sommers Arbeitsplatz die nötigen Anweisungen erteilt hatte.

«Wir haben noch nicht über das Motiv gesprochen», stellte die Untersuchungsrichterin nüchtern fest.

«Sie haben recht», räumte Engel ein. «Aber zum jetzigen Zeitpunkt hat diese Frage keinen Vorrang. Wir müssen den Scheisskerl erst mal finden und einbuchten. Die Frage nach dem Motiv können wir später klären.»

«Aber Sie haben doch sicher eine Vermutung?», insistierte Marti.

«Ich weiss nicht, was alles passiert ist … was ihn dazu getrieben hat, seine beiden Väter, wenn man das so sagen darf, auf hinterlistigste Weise ins Jenseits zu befördern. Irgendwie …»

«… Geld?», fuhr Bieri dazwischen. «Wäre einfach und naheliegend.»

«Möglicherweise zu einfach», gab Engel zu bedenken.

«Wieso? Zuerst wollte er seinen Vater beerben, den falschen, meine ich … also den juristischen. Dann hat er herausgefunden, dass er einen noch reicheren hat und …»

«… und was? Sommer konnte nicht damit rechnen, Kramer zu beerben. So betrachtet würde die Tat überhaupt keinen Sinn machen. An Geld wäre er nur gekommen, wenn Kramer es freiwillig herausgerückt hätte – und davon war der wahrscheinlich weit entfernt.»

«Dann vielleicht aus Wut? Weil er ihm kein Geld geben wollte?»

«Möglich. Aber Sie haben da einen anderen interessanten Punkt angesprochen!»

«Ja?» Bieri neigte verwundert den Kopf zur Seite.

«Ja. Sie haben gesagt, dass er zuerst den falschen Vater beerben wollte und dann – erst dann – habe er herausgefunden, dass er einen noch reicheren hat.»

«Na ja … ich dachte …»

«Wenn das zutreffen würde, dass Alexander Sommer zum Zeitpunkt des Anschlages auf Dieter Sommer noch gar nichts von der Existenz eines anderen Vaters gewusst hat, dann haben möglicherweise unterschiedliche Motive eine Rolle gespielt … Wir werden sehen.»

## 3

Vorsichtig stellte er das Fläschchen mit dem hellen Pulver in den Kühlschrank zurück. Dann zog er die Handschuhe aus, entfernte den Mundschutz und warf beides in eine dampfende Pfanne. Zehn Minuten liess er die Sachen im Wasser kochen, in der Zwischenzeit packte er seinen Rucksack.

Als er mit dem Rucksack fertig war, überlegte er kurz, nahm das gelbe Notizheft wieder heraus und legte es zurück auf den Tisch. Er verschloss den Rucksack und warf ihn über die Schulter. Dann zog er den Stecker der kleinen Kochplatte heraus und verschaffte sich mit einem letzten Blick Gewissheit, dass er nichts Wichtiges vergessen hatte. Er drehte den Schlüssel, löschte das Licht und verliess den Raum.

## 4

Pünktlich um 19 Uhr eröffnete Engel die nächste Sitzung. Marti und Bieri waren nicht mehr anwesend, aber beide hatten angeordnet, man solle sie unverzüglich anrufen, sobald es Neuigkeiten gebe.

Die Fahndung verlief noch immer ergebnislos.

Alexander Sommers Vorgesetzte und die Arbeitskollegen hatten nicht viel über sein Privatleben berichten können. Über die Echse spreche er immer wieder, manchmal über Bücher. Wahrscheinlich verbringe er viel Freizeit am Computer. Über persönliche Beziehungen habe man nie etwas erfahren. Ein leiser und zurückhaltender Mensch sei er, höflich, auf gewisse Weise auch charmant. Einer der Arbeitskollegen habe ihn im Lauf der Jahre zwei oder drei Mal im örtlichen Pub angetroffen. Alleine. Man habe keine Ahnung, wo er sich an einem Freitagabend aufhalten oder wo er sich allenfalls verstecken könnte.

Offenbar pflegte Sommer eine lockere Beziehung zu einer gewissen Doris di Natale. Ihr Name tauchte in unregelmässigen Abständen in seinem E-Mail-Verkehr auf, und die Liste seiner Telefongespräche zeigte, dass – ebenfalls in unregelmässigen Abständen – Gespräche zwischen den beiden stattfanden. Ein Team hatte di Natales Wohnung überprüft, aber weder sie noch den Gesuchten dort angetroffen. Nur ihren Ehemann – halbnackt und in sturzbetrunkenem Zustand. Von ihm hatten die Beamten keine brauchbaren Auskünfte erhalten.

Internet-Kontakte pflegte Sommer mit einem gewissen «Votan» und jemandem, der sich «Freak» nannte. Aber bis anhin hatten die Beamten weder Namen noch Adressen der beiden ausfindig machen können. Und auch in Sommers Korrespondenzordner, der nicht sehr umfangreich war, hatte man nicht den Hauch eines Hinweises finden können.

Die Sitzung dauerte nun schon eine halbe Stunde und im Prinzip war man noch keinen Schritt weiter. Es machte sich bereits eine gewisse Resignation breit, als eine der Beamtinnen über die erste kleine Auffälligkeit berichtete. Bei der Überprüfung des Zahlungsverkehrs war sie auf eine monatlich wiederkehrende Zahlung über 145 Franken gestossen, die sie nicht eindeutig zuordnen konnte. Der Betrag ging auf das Postcheckkonto der UBS, zugunsten einer Person oder einer Firma mit der Bezeichnung «BPK» in «3013 Bern». Der Betrag war erstmals am 31. Januar 2004 überwiesen worden, also rund drei Monate vor Dieter Sommers Tod. «Vertrag 04/012» stand jeweils als Vermerk hinter dem Betrag, aber in Sommers Unterlagen hatte man keinen Vertrag 04/012 gefunden. Beim Begriff «BPK» musste es sich um eine willkürliche Abkürzung handeln, die in den offiziellen Verzeichnissen und Registern nicht aufgeführt war. Mit Hilfe verschiedener Suchvarianten war es gelungen, für das Einzugsgebiet «3013 Bern» eine Liste mit 38 Treffern zu erstellen, die alle überprüft werden mussten. Die Beamtin liess Fotokopien der Liste durchreichen, die Einträge wie «Beratung und Planung für kindergerechte Lebensräume», «Barbara Paulsen-Keller», «Balmer Privatkredite» oder «Bernische Privatkrankenkassen» enthielt.

«Vielleicht ein Leasingvertrag für das Auto?», schlug Wagner vor. «Oder eine Versicherung?»

«Das Auto ist bezahlt», entgegnete einer der Kollegen. «Das haben wir als Erstes überprüft. Ein Versicherungsvertrag käme durchaus in Frage, aber keine Krankenversicherung. Die Krankenkassenpolicen haben wir nämlich gefunden, für die obligatorische Grundversicherung und für eine private Zusatzversicherung. Beide Policen wurden mit der Visana abgeschlossen, und die Beträge stimmen auch nicht überein.»

«Andere Ideen?», fragte Engel.

«Ein Internet-Account?», schlug Schwegler vor, vermochte damit jedoch keine Begeisterungsstürme auszulösen.

Sonst meldete sich niemand.

«Okay Leute. Bis jetzt haben wir nicht viel, aber immerhin: Der Zeitpunkt der ersten Zahlung sowie der abgekürzte und damit getarnte Name des Empfängers sind Hinweise, denen es nachzugehen lohnt. Arbeitet weiter daran! Wir machen noch bis 23 Uhr mit Vollbesetzung weiter. Wenn wir ihn bis dann noch nicht haben, treffen wir uns hier für die nächste Besprechung. Dann halbieren wir das Team und die Hälfte von uns geht schlafen.»

## 5

Die Kollegen der Aussenfahndung hatten im Lauf des Abends zahlreiche Personen kontrolliert und einige Männer angehalten, die Sommers Beschreibung entsprachen und sich nicht ausweisen konnten. Doch die Hoffnung, dass einer von ihnen der Gesuchte sein könnte, hatte sich jeweils rasch zerschlagen. Alle Verdächtigen mussten nach Überprüfung der Personalien wieder auf freien Fuss gesetzt werden.

Der Vertrag 04/012 war immer noch nicht aufgetaucht, aber immerhin hatte man die «BPK»-Liste mit den ursprünglich 38 Optionen auf zwei Einträge reduzieren können: «Bernische Pensionskasse» und «Balmer Privatkredite». Vier Leute aus Engels Team waren damit beschäftigt, verantwortliche Personen dieser Institutionen zu finden, die ihnen trotz vorgerückter Stunde kompetent Auskunft geben konnten.

Ansonsten hatten die Ermittlungen keine neuen Anhaltspunkte ergeben. Man war Alexander Sommer keinen Schritt näher gekommen, was sich nicht übermässig motivierend auf das Team auswirkte. Und langsam machte sich auch Müdigkeit bemerkbar. Engel sah es den Leuten an. Er selbst war noch hellwach, richtig aufgekratzt! Aber das hatte nichts mit dem Fall zu tun ... am Montag wollte er einen grossen Blumenstrauss ins Eidgenössische Amt für das Zivilstandswesen bringen lassen.

Mittlerweile war es 23 Uhr 20. Engel gab Teuscher den Auftrag, das Team in zwei Gruppen aufzuteilen. Die eine sollte sich schlafen legen, die andere weiterarbeiten. Die nächste Besprechung wurde für sieben Uhr angesetzt. Bevor Engel die Sitzung schloss, liess er Bestellungen für den Pizza-Service aufnehmen. Dann scheuchte er seine Mitarbeiter aus dem Sitzungszimmer.

Noch bevor der Pizzakurier eintraf, stürzte Wagner in Engels Büro.

«Kommen Sie bitte mal zu uns rüber? Wir haben jemanden von der Bernischen Pensionskasse an der Strippe. Die Dame ist wegen unserer Nachtruhestörung ziemlich aufgebracht, aber sie räumt ein, dass ‹04/012› die Bezeichnung für einen ihrer Verträge sein könnte.»

«Bernische Pensionskasse? Hätte ich nicht gedacht», gab Engel zu und erhob sich von seinem Bürostuhl. «Was zum Teufel sollte Sommer mit einer staatlichen Pensionskasse zu schaffen haben. Sein Arbeitgeber ist doch ein Privatunternehmer?»

«Es müsste ein Mietvertrag sein.»

«Mietvertrag? Für was?»

«Für eine Liegenschaft. Haus, Wohnung, Zimmer ... was weiss ich. Mehr konnte sie nicht sagen.»

Sekunden später hechtete Engel förmlich nach dem Hörer, den ihm ein uniformierter Kollege entgegenhielt.

Am Telefon stellte sich Engel zuerst höflich vor, entschuldigte sich für die späte Störung und versicherte der Dame, dass es sich um eine äusserst dringliche Angelegenheit handle. Dann hörte er eine Weile zu, und als er wieder zu sprechen begann, war sein Ton schroff: «Haben Sie einen Schlüssel zu Ihrem Büro?» Die Kollegen beobachteten, wie sich Engels Stirn in Falten legte. «Das nehme ich zur Kenntnis und morgen können Sie sich dann gern beschweren.

Aber jetzt möchte ich wissen, ob Sie einen Schlüssel zu Ihrem Büro haben … Gut. Und wo wohnen Sie?» Engel schrieb die Adresse auf einen Notizzettel. «Okay. In zehn bis fünfzehn Minuten holt Sie ein Streifenwagen ab und bringt Sie in Ihr Büro. Ich werde Sie dort erwarten. Vergessen Sie den Schlüssel nicht!»

## 6

Erst im obersten Stockwerk blieb der Lift endlich stehen. Der Mann verstaute in aller Ruhe die Fernbedienung im Rucksack, dann setzte er sich hin. Minutenlang starrte er auf Charlotte Berger, die in ihrer Ecke kauerte, die eng angewinkelten Beine umklammerte und das Gesicht zwischen den Knien vergraben hatte.

«Ist es eigentlich angenehm, in der eigenen Pisse zu sitzen?», fragte er plötzlich.

Sie gab keine Antwort. Stattdessen begann sie zu weinen.

«Antworten Sie!», fauchte er. «Sonst lasse ich den Lift wieder runterrasseln.» Er wiederholte die Frage langsam und in gedehnten Worten: «Ich will wissen, ob es angenehm ist, in der eigenen, stinkenden Pisse zu sitzen?»

«Nein», antwortete sie kaum hörbar.

«Ich habe Sie nicht richtig verstanden.»

«Nein!», schrie sie und warf ihm einen hasserfüllten Blick zu. Dann vergrub sie ihr geschundenes Gesicht wieder zwischen den Knien und fuhr schluchzend fort: «Warum tun Sie das? Was habe ich Ihnen getan?»

«Sie werden es herausfinden … bald …»

Nach einigen Minuten schien sich Charlotte Berger wieder zu fangen. Sie hörte auf zu weinen und in der Kabine wurde es ruhig. Während Minuten waren nur die Atemgeräusche der beiden zu hören.

«Und? Wie gefielen Ihnen die letzten Stunden in unserem gemütlichen Kabäuschen?», fragte er plötzlich.

Charlotte Berger zögerte die Antwort lange hinaus. Schliesslich verkündete sie trotzig: «Ich sage nichts mehr.»

«Wie Sie wollen.» Er holte die Fernbedienung aus dem Rucksack und drückte auf eine Taste, worauf der Lift absackte, begleitet von Charlotte Bergers schrillem Schrei. Eine Sekunde später – ihr kam es vor wie eine Ewigkeit – blieb die Kabine abrupt stehen.

«Hören Sie auf, Sie perverses Schwein!», kreischte die Ärztin wie von Sinnen, «sie waren furchtbar … die letzten Stunden waren furchtbar!» Ihre Schreie gingen in lautes Schluchzen über, das erst nach mehreren Minuten langsam verebbte. «Bitte … hören Sie auf!»

«Und der Durst?», fuhr er unbeirrt fort. «Der ist nicht so schlimm, oder?»

«Doch, doch!», beeilte sie sich zu versichern. «Der Durst ist auch schlimm … schrecklich.»

«Hm. Verstehe.» Er zog die Mundwinkel nach unten und nickte eine Weile. «Haben Sie so etwas schon mal erlebt?»

Charlotte Berger schüttelte den Kopf.

«Das ist das erste Mal?»

Sie nickte.

«Und jetzt denken Sie sicher, dass ein Mal genügt? Dass Sie so etwas nicht noch einmal erleben möchten?»

Wieder nickte sie.

«Sagen Sie es laut!»

«Ich möchte so etwas nie mehr erleben!»

«Gut. Und jetzt Frau Doktor …», er machte eine lange Pause und fixierte sie mit durchdringendem Blick, «jetzt ziehen Sie sich aus!»

Die Worte drangen in ihren Verstand wie ein glühendes Eisen. Sie quetschte sich in ihre Ecke, presste die Augen zusammen und schüttelte den Kopf.

«Los, machen Sie schon!»

«Niemals. Lieber sterbe ich!»

«Das werden Sie auch, wenn Sie nicht gehorchen. Hören Sie gut zu, denn ich sage es nur ein Mal! Ich habe nichts, wirklich absolut nichts, zu verlieren. Also tun Sie, was ich sage, oder ich lasse den Lift runterfallen wie einen Stein.»

Charlotte Berger öffnete die Augen. Sekunden verstrichen, ohne dass sie sich regte. Ruhig griff er nach der Fernbedienung.

«Nein!» Sie hob beschwichtigend die Hände. «Warten Sie!»

Er hielt inne, und sie begann mit zitternden Händen die an ihrem Körper klebende Bluse zu öffnen. Langsam, Knopf um Knopf. Und mit jedem Knopf, den sie öffnete, verlor sie ein weiteres Stück ihrer Würde.

Es dauerte eine Viertelstunde, bis sie sich vollständig entkleidet hatte. Zusammengekauert hockte sie in ihrer Ecke, und trotz der unerträglichen Hitze schlotterte sie, als wäre sie soeben einem Eisbad entstiegen.

Er betrachtete die Haarsträhnen, die an ihrem verschwitzten Gesicht und am Hals klebten. Die dick geschwollene Nase. Die schmalen Hände mit den kostbaren Ringen und den vereinzelten Altersflecken. Ihre nahtlose, lederne Solariumbräune, die Orangenhaut an ihren Oberschenkeln, die kleinen Füsse mit den Halluxzehen und den sorgfältig lackierten Nägeln. Er sezierte die Frau förmlich mit seinen Blicken. Minutenlang. Ohne sich zu regen oder auch nur ein Wort zu sagen.

Dann richtete er sich langsam auf. «Schliessen Sie jetzt die Augen!»

«Bitte nicht ...»

Er schlug mit der Faust an die Wand. Charlotte Berger begann leise zu wimmern und schloss die Augen. Plötzlich fühlte sie seine Hand an der Schulter. Ihr Herzschlag drohte auszusetzen, sie glaubte, augenblicklich das Bewusstsein zu verlieren. Aber es geschah nichts. Ihr Herz hämmerte weiter. Ihr ganzer Körper zog sich krampfhaft zusammen und ein taubes Gefühl machte sich in ihr breit.

Langsam näherte sich sein Mund ihrem Ohr. «Und jetzt stellen Sie sich vor», flüsterte er ganz leise, «dass ich meinen riesigen … Schwanz auspacke und Ihnen damit so richtig und auf jede erdenkliche Weise zu Leibe rücke.»

«Nein … bitte …!» Sie riss die Augen auf und begann mit zusammengefalteten Händen zu flehen, «bitte tun Sie das nicht … um Himmels willen …»

«Sie sollen Ihre verdammten Augen geschlossen halten und es sich vorstellen!», geiferte er so dicht vor ihrem Gesicht, dass sie seine Spucke abbekam. Sie kniff sofort wieder die Augen zu und zog den Kopf ein wie eine Schildkröte. Angespannt wie die überreife Kapsel eines Springkrauts hockte sie da, bereit, bei der leisesten Berührung zu zerbersten. Minutenlang verharrte sie in dieser Position. Er liess sich Zeit.

«Haben Sie's?», flüsterte er ihr ins Ohr, so nah, dass sie seinen Atem spürte.

«Ja … ja …», wimmerte sie und versuchte von ihm wegzuweichen.

«Sehen Sie es deutlich? … Ganz deutlich?»

Wieder dieser warme Hauch an ihrem Ohr – und der Geruch aus seinem ausgetrockneten Mund.

«Ja, ganz deutlich … bitte …»

«Gut! Und jetzt … Frau Doktor … jetzt stellen Sie sich vor … Sie wären erst zwölf Jahre alt!»

Charlotte Berger hielt den Atem an. Auch ihr Peiniger, der mit seinem Gesicht noch immer dicht an ihrem Ohr lauerte, schien nicht mehr zu atmen. Sie hörte nur ihren rasendenHerzschlag.

Plötzlich atmete er geräuschvoll aus und zog sich langsam zurück. Charlotte Berger hörte, wie er sich in seine Ecke setzte und tief durchatmete. Das war auch für sie das Signal, sich ein wenig zu entspannen, doch vorerst bewegte sie sich noch keinen Millimeter.

«Sie können sich wieder anziehen und normal hinsetzen», verkündete er Minuten später in unverbindlichem Plauderton. «Ich stehe nicht auf alte, nach Urin stinkende Frauen mit blutiger Nase.»

## 7

Engel gab dem uniformierten Kollegen den Hörer zurück und reichte ihm den Notizzettel.

«Schicken Sie eine Streife an diese Adresse. Sie sollen die widerspenstige Dame unverzüglich abholen und an ihren Arbeitsplatz bringen. An die Schläflistrasse 17. Das ist hier praktisch um die Ecke.» Er schaute auf die Uhr. «Wird wahrscheinlich eine halbe Stunde dauern, bis die Kollegen dort eintreffen. Wir brauchen nur zwei Minuten. Genug Zeit für die Pizza.»

Zehn Minuten nach Mitternacht fuhr der Streifenwagen an der Schläflistrasse vor. Er parkte direkt unter einer Strassenlampe, ungefähr fünfzehn Meter von Engel und Wagner entfernt.

Der uniformierte Beifahrer stieg aus, öffnete die Hintertür und sogleich drang Geschnatter aus dem Wagen. Engel und Wagner sahen eine kleine Person, die sich umständlich anschickte auszusteigen, während sie pausenlos weiterplapperte.

«Wo ist dieser … dieser … Kommissar?», fragte sie den Streifenpolizisten nach Atem ringend, kaum hatte sie den Ausstieg geschafft.

«Sie spuckt das Wort ‹Kommissar› aus, als wäre es ein Synonym für ‹Penner›, ‹Zuhälter› oder … ‹Staatsanwalt›», raunte Engel Wagner zu.

Sekunden später geleitete der Streifenpolizist die Frau mit sanftem Nachdruck zur Eingangstür der Bernischen Pensionskasse. Rosenberg hiess sie. Eine zierliche, grauhaarige Dame mit scheinbar nagelneuen, weissen Turnschuhen und einem hellen, um Nummern zu grossen Trainingsanzug.

«Hätte das nicht bis morgen Zeit gehabt?», keifte sie, während sie den Schlüssel aus ihrer Handtasche kramte.

«Nein», antwortete Engel.

«Und warum nicht?»

Sie betraten die Eingangshalle und Rosenberg betätigte den Lichtschalter. «Wenn Sie mich schon mitten in der Nacht belästigen und vor den Augen aller Nachbarn wie eine Verbrecherin abholen lassen, könnten Sie mir wenigstens sagen, warum.»

«Wir suchen den Mann, der mit Ihrer Institution den Vertrag 04/012 abgeschlossen hat», erklärte Engel, während sie den Lift betraten.

«Na also. Was hat er denn angestellt? Muss ja ein schlimmer Finger sein. Doch nicht etwa ein Frauenmörder?» Sie lachte und warf den Kopf in den Nacken.

«Doch», antwortete Engel, dem das Gemotze langsam auf die Nerven ging.

«Oh! … Oh mein Gott!» Dann war sie still.

Schweigend verliessen sie den Lift und kurze Zeit später sass Frau Rosenberg an ihrem Arbeitsplatz. Sie liess den Computer hochfahren. Engel und Wagner standen hinter ihr, während sie ein Passwort eintippte und Augenblicke später die Ziffern 04/012.

«Alexander Sommer», sagte sie plötzlich. «Ist das der Mann?»

Engel und Wagner konnten den Namen auf dem Bildschirm lesen. «Ja», bestätigte Engel. «Das ist er. Was hat er gemietet?»

«Einen Mehrzweckraum. An der Melchiorstrasse 21. Das ist ein Hochhaus! Unsere grösste Liegenschaft.»

Engel und Wagner schauten sich an. «Ist der Raum speziell bezeichnet? Hat er eine Nummer?», fragte Wagner, während er die Adresse notierte.

«Raum 18», antwortete Rosenberg. «Müsste im ersten oder zweiten Untergeschoss sein.»

## 8

Charlotte Berger war hastig in ihre Kleider geschlüpft. Sie sass erschöpft da, mit ausgestreckten Beinen, den Kopf zurückgelehnt.

Es war schon weit nach Mitternacht.

«Was halten Sie jetzt von mir?», wollte er nach einer Weile wissen. «Ich meine, wie würden Sie mich bezeichnen, nachdem ich Ihnen das hier angetan habe?»

Sie sagte nichts, zuckte nur mit den Schultern und vermied den Blickkontakt.

«Als Monster? … Psychopath? … Gemeingefährlicher Schweinehund?»

Wieder zuckte sie mit den Schultern und schüttelte kurz den Kopf.

«Wie würden Sie mich denn am liebsten bestrafen? … Gefängnis? … Wie lange? … Lebenslänglich?» Sein Tonfall war ruhig, fast erschöpft. «Möchten Sie mich vielleicht durchprügeln oder sogar umbringen? … In die Klapsmühle stecken?»

«Ich weiss es nicht», antwortete sie mit belegter Stimme.

«Natürlich wissen Sie es! Sie trauen sich nur nicht, es auszusprechen. Aber wenn ich Sie jetzt vergewaltigt hätte und wenn Sie erst zwölf Jahre alt wären … und wenn Sie das, was Sie heute erlebt haben, alle paar Tage wieder durchmachen müssten, ganze verdammte vier Jahre lang … was würden Sie wohl antworten?»

Jetzt schaute sie ihm verwundert ins Gesicht.

«Raus damit! Wie würden Sie mich bestrafen?»

«Ich würde Sie umbringen.»

Er seufzte tief und nickte.

«Und wie?», fragte er Minuten später. «Wie würden Sie mich umbringen? Schnell und schmerzlos, vielleicht erschiessen? Oder langsam und qualvoll?»

Sie antwortete nicht.

«Kommen Sie schon, spielen wir es zu Ende! Oder möchten Sie lieber wieder Lift fahren?»

«Ich würde Sie langsam und qualvoll krepieren lassen!»

Er schaute sie mit ernster Miene an – und sie hielt seinem Blick stand. Er blieb ruhig, aber Charlotte Berger fürchtete, dass sich seine Gemütslage jede Sekunde ändern könnte. Doch nichts geschah. Nach einer Weile zeichnete sich auf seinem Gesicht ein mattes Lächeln ab.

«Es ist okay», sagte er plötzlich und machte eine Geste der Gleichgültigkeit. «Ich würde das Gleiche tun!»

Er griff in seinen Rucksack und holte zwei grosse Wasserflaschen heraus. Die eine überreichte er Charlotte Berger, aus der anderen nahm er selber ein paar herzhafte Schlucke. Danach rülpste er leise und verstaute die Flasche wieder im Rucksack. «Trinken Sie nicht zu viel aufs Mal», warnte er die gierig an ihrer Flasche saugende Ärztin, doch sie ignorierte seinen Rat.

«Genau genommen habe ich es schon getan.»

Jetzt erst setzte sie zaghaft die Flasche ab, fuhr sich mit

dem Handrücken über den Mund und schaute ihr Gegenüber verwundert an.

«Ja! Sie brauchen gar nicht so zu glotzen! Ich habe das, was Sie hier und heute ein einziges Mal erleben, dutzendfach über mich ergehen lassen müssen. Jahrelang. Immer wieder. Und zwar das ganze Programm, inklusive des neckischen Teils, den wir vorhin nur in Ihrem Kopf durchgespielt haben!» Er beugte sich vor und wurde leise. «Verstehen Sie, was ich damit sagen will, Frau Doktor? Das hier ist ein ganz kleiner Scheissdreck im Vergleich zu dem, was ich als Kind durchgemacht habe.»

Charlotte Berger sass reglos da und presste die Finger auf ihren Mund.

«Ich habe meinen Peiniger vergiftet.» Er sagte den Satz so beiläufig, wie wenn er über das Wetter sprechen würde.

«Um Gottes willen», flüsterte sie. Eine neue Panikwelle drohte über sie hereinzubrechen, aber sie wusste nicht einmal genau, wieso. Weil sie mit einem Giftmörder in dieser kleinen, heissen, nach Schweiss und Urin stinkenden Liftkabine eingesperrt war? Wegen der Ungewissheit darüber, was der Mann mit ihr noch alles anstellen würde? Wegen seiner Kindheitserlebnisse? Oder erschrak sie über ihre eigenen Hassgefühle, die sie noch vor wenigen Minuten dazu getrieben hätten, einen Menschen ohne mit der Wimper zu zucken umzubringen?

«Hören Sie», hob sie sachte an, «Sie müssen mir nicht … wie heissen Sie überhaupt?»

«Alexander.»

Charlotte Berger hob die Augenbrauen und neigte den Kopf zur Seite.

«Das reicht. Mein Nachname tut im Moment nichts zur Sache. Sie erfahren ihn später.»

«Also … Alexander … Sie müssen mir nicht unbedingt erzählen, was Sie mit ihrem … ihrem Peiniger … gemacht haben. Aber was hat die ganze Geschichte mit mir zu tun? Warum sitze ausgerechnet ich mit Ihnen hier drin?»

Er holte wieder seine Fernbedienung hervor.

«Nein, hören Sie auf, bitte!», flehte Charlotte Berger und hob abwehrend ihre Hände.

«Keine Panik. Ich will nur den Heizstrahler abstellen. Langsam wird es auch mir zu heiss.»

«Den Heizstrahler?»

«Ja.»

«Sie haben einen … Heizstrahler …?»

«Ich habe ihn eingebaut, ja. Über dem Kabinendach. In der Hitze wird man schneller gar – wenn Sie verstehen, was ich meine.»

«Natürlich verstehe ich, was Sie meinen, Sie Mistkerl», stiess Charlotte Berger gepresst hervor und schlug wütend mit der Faust gegen die Wand. «Ich will endlich hier raus!»

Er ignorierte sie. «Mein Vater hat mich vom zwölften bis zum sechzehnten Lebensjahr immer wieder im Heizungskeller eingesperrt. Stundenlang. Ohne Licht, ohne Wasser, ohne Möglichkeit, auf die Toilette gehen zu können. Als Strafe für jede Kleinigkeit, oder einfach, um mich gefügig zu machen … Sie wissen schon. Und jeden verdammten Tag habe ich mit dem Gedanken gespielt, den Dreckskerl umzubringen. Jeden Tag! In Gedanken habe ich ihn tausendmal erschossen, erstochen, ersäuft, erhängt und vergiftet. Ich habe ihm Ebola, Krebs, Aids und die Pest an den Hals gewünscht. Im Internet habe ich nach besonders brutalen Mordmethoden gesucht, habe mich quasi zum Spezialisten ausgebildet. Und vor eineinhalb Jahren habe ich es dann getan – nachdem ich eine geeignete Methode und genug Mut gefunden hatte.»

Er trank wieder aus seiner Flasche.

«Ich habe Rizin hergestellt. Ein sehr starkes Gift, Sie kennen es sicher. Aus den Samen der Rizinuspflanze. Ich habe es in eine Medikamentenkapsel gefüllt und ihm das Ding in die Arschbacke eingepflanzt.»

Er bemerkte Charlotte Bergers skeptischen Gesichtsausdruck.

«Doch, doch! Es war ganz einfach! Mein Alter soff zwischendurch wie ein Loch. Nicht ständig, aber immer wieder. Er war so eine Art Quartalssäufer. Dann war es übrigens ganz speziell schön mit ihm. Kurz vor einem mehrwöchigen Ferienaufenthalt habe ich ihn mit Bier abgefüllt und sein Gesöff mit Dormicum-Tropfen gestreckt. Er war vollkommen narkotisiert. Ein winziger Hautschnitt – und mit Hilfe eines Trokars, den ich aus alten Armeebeständen erworben hatte, habe ich ihm die Giftkapsel in den fetten Hintern gesteckt. Genau so, wie man einem Hund oder einer Katze einen Identifikationschip verpasst. Um die Verletzung zu kaschieren, habe ich ein Glas zerbrochen und ihn auf die Scherben gesetzt. Meine Mutter hat ihn am folgenden Tag nichts ahnend verarztet. Die Kapsel hätte sich dann im Ausland, nach Tagen oder Wochen, selber auflösen und das Gift freigeben sollen, worauf er – wie haben Sie es vorhin formuliert – langsam und qualvoll krepiert wäre.»

«Wäre?», fragte Charlotte Berger.

«Ja. Wenige Tage später, kurz vor seiner Abreise, ist er an einem ganz gewöhnlichen Herzinfarkt gestorben.»

Dann erzählte er ihr von der Körperspende und wie die Rizinkapsel doch noch ein Todesopfer gefordert hatte.

Mit einer Mischung aus Abscheu und Faszination hörte Charlotte Berger zu. «Aber eigentlich haben Sie Ihren Vater ja gar nicht umgebracht. Es war nur ein Mordversuch.»

«Das dachte ich zuerst auch. Aber die Geschichte ist um einiges komplizierter … und ich habe ihn doch umgebracht.»

«Das verstehe ich nicht. Sie sagten doch, dass er an einem Herzinfarkt gestorben sei?»

«Schon ... aber er war ja auch nicht mein Vater. Aber das habe ich erst später erfahren, als meine Mutter starb. Und danach, erst danach habe ich meinen Vater ... meinen richtigen Vater umgebracht.»

Charlotte Berger schüttelte ungläubig den Kopf. «Tut mir leid, aber ich kann Ihnen nicht folgen.»

«Ich habe in den Tagebüchern meiner Mutter herumgestöbert und herausgefunden, dass ich durch künstliche Befruchtung gezeugt wurde. Mit dem Samen eines anonymen Spenders. Man nennt das, glaube ich, heterologe Insemination – nicht wahr, Frau Doktor Berger?»

Sie hatte das Gefühl, in einen unwiderstehlichen Strudel gesogen zu werden. Um sie herum begann sich alles zu drehen, ihr Körper wurde tonnenschwer, und die Worte, die der junge Mann an sie richtete, nahm sie nur wie durch Watte wahr.

«Hallo! Frau Doktor!» Er rüttelte sie unsanft am Arm. «Ich spreche mit Ihnen. Schauen Sie mich an! Sie haben mich erschaffen! Ich bin Ihr Werk!»

«Wie heissen Sie?», fragte sie mit brüchiger Stimme.

«Sommer. Alexander Sommer. Geboren am 28. Mai 1983 im Frauenspital Bern. Sohn von Ursula und Dieter Sommer. Erinnern Sie sich nicht?»

«Doch ...» Sie räusperte sich. «Doch, ich erinnere mich. Ihre Eltern gehörten zu meinen ersten Patienten.»

«Schön. Das freut mich – ich meine, dass Sie sich erinnern. Und an meinen leiblichen Vater, den Mann, dessen Samen Sie für meine – wie soll ich es ausdrücken – Herstellung auserwählt haben? Erinnern Sie sich auch an den?»

«Nein.»

«Robert Kramer hiess er. Er ist vor kurzem gestorben. Qualvoll und jämmerlich krepiert, muss ich präzisieren.»

«Nein, ich erinnere mich nicht an ihn.»

«Sehen Sie, Frau Doktor, die Sache ist die: Als kleiner Junge habe ich tausendmal zum lieben Gott gebetet und ihn gefragt, warum er zulässt, dass mein Vater mich so quält. Aber er hat mir nie geantwortet. Und es hat sich auch nichts geändert, sodass ich das Beten irgendwann aufgegeben habe. Aber der liebe Gott war eigentlich gar nicht schuld an meinem Elend. Er, das Schicksal, die Natur, die Vorsehung, der Storch – wer oder was auch immer für solche Dinge wie Kinderkriegen zuständig ist – hatte nämlich in weiser Voraussicht verhindert, dass ein Ungeheuer wie Dieter Sommer Vater werden konnte. Er sollte seine Monstrosität nicht fortpflanzen können und nie die Gelegenheit haben, seine eigenen Kinder zu quälen. Aber dann kamen Sie … mit diesem … diesem Kramer und setzten sich einfach über die Vorsehung hinweg!»

«Aber das können Sie doch unmöglich so sehen!», protestierte die Ärztin. «Ich wollte Ihren Eltern doch nur helfen! Es gibt viele kinderlose Ehepaare, denen wir im Laufe der Jahre …»

«… Papperlapapp!», unterbrach Sommer mit einer resoluten Handbewegung. «Ich will mit Ihnen keine ethische Grundsatzdiskussion führen. Ihre Beweggründe interessieren mich nicht! Für mich zählt nur eines: Sie haben mich erschaffen. Sie und dieser nichtsnutzige Kramer, der sein Sperma für fünfzig Franken verkauft hat, wie er mir erzählt hat. Stellen Sie sich das mal vor! Ich treffe diesen Kerl zum ersten Mal in meinem beschissenen Leben und als Erstes bindet er mir auf die Nase, dass er es nur wegen der fünfzig Franken getan habe! Dabei ist er steinreich!»

Sommer hatte sich in Rage geredet. Er stand über Charlotte Berger gebeugt in der Kabine. «Sie beide sind dafür verantwortlich, dass es mich gibt», schrie er und spie seine Worte förmlich auf die vor ihm am Boden sitzende Frau hinunter. «Sie beide sind mit Dieter Sommer zusammen verantwortlich, dass ich meine Kindheit in der Hölle verbracht habe! Und Sie sind mitschuldig, dass ich versucht habe, meinen vermeintlichen Vater umzubringen – und dass dabei eine unschuldige Frau gestorben ist!»

Minutenlang blieb Alexander Sommer zitternd über Charlotte Berger gebeugt stehen, die sich wie ein Igel eingerollt und die Hände schützend über ihre Ohren gelegt hatte. Dann setzte er sich langsam wieder hin. Als er ruhig dasass, nahm sie die Hände von den Ohren und lehnte den Kopf zurück.

«Sie werden mich auch töten!», stellte sie resigniert fest.

«Ich bin müde», sagte Sommer mit einem tiefen Seufzer. «Geben Sie mir Ihre Handtasche». Ohne zu widersprechen, schob sie ihm die Tasche mit dem Fuss zu. Sommer ergriff sie, leerte den Inhalt neben sich auf den Boden und legte sie als Kissen hinter seinen Kopf. «Ich muss ein wenig schlafen. Denken Sie in der Zwischenzeit darüber nach, was ich Ihnen gesagt habe.»

## 9

Kurz nach ein Uhr morgens betraten Engel, Teuscher und Wagner das Hochhaus an der Melchiorstrasse 21 im Westen Berns. Sie waren in Begleitung von sechs uniformierten Beamten. Rasch fanden sie die Treppe, die in die unterirdischen Geschosse führte, und keine Minute später standen sie vor dem Mehrzweckraum Nummer 18. In kugelsicheren Westen, mit gezückten und entsicherten Waffen, aufgesetzten Schutzmasken und Handschuhen. Engel klopfte an die Tür, dann wartete er. Zehn Sekunden. Als nichts passierte, schob er seine Maske hoch und klopfte noch einmal.

«Alexander Sommer! Hier ist die Polizei, öffnen Sie die Tür!»

Immer noch keine Reaktion.

«Ich fordere Sie zum letzten Mal auf: Öffnen Sie die Tür! Sonst brechen wir sie auf.»

«Okay! Wir kommen jetzt rein», rief er eine halbe Minute später, setzte die Schutzmaske wieder auf und nickte dem kräftigen Kollegen mit dem Rammeisen zu. Dieser stellte sich vor die Tür, holte Schwung und liess das schwere Eisen gegen das Schloss krachen. Die Tür flog auf, prallte mit der Rückseite an die Wand und sprang wieder zurück. Drinnen war es dunkel und – nachdem das Lärmen der splitternden Türe verhallt war – auch still. Engel tastete von aussen nach dem Schalter und knipste das Licht an. Teuscher und ein uniformierter Kollege stürmten zuerst hinein, die andern folgten, als klar war, dass sich niemand in dem Raum aufhielt.

Sie sicherten ihre Waffen und verstauten sie in den Holstern.

«Hier wird nichts berührt», tönte es dumpf unter Engels Maske hervor, während er sich umschaute. Sein Blick blieb an einigen Gegenständen hängen, auf die er von den Rechtsmedizinern hingewiesen worden war: Becher, Gläser, eine Pfanne mit Wasser, in welcher Gummihandschuhe und ein Mundschutz schwammen, ein Küchensieb und Filterpapier. Und eine Handpresse. «Scheint die Giftküche zu sein», stellte er fest und gab einem Streifenpolizisten den Auftrag, die Kriminaltechniker zu holen, die draussen warteten. Soweit Engel sehen konnte, schienen bis auf die Pfanne alle Utensilien sauber gewaschen und frei von Rückständen. Mit einem Kugelschreiber stocherte er zwischen den Gegenständen herum, dann öffnete er vorsichtig den Kühlschrank. Zwei Büchsen Coca Cola, eine angebrochene Tafel Schokolade und zwei unbeschriftete Gläser mit Schraubverschluss befanden sich darin. Eines der Gläser enthielt ein feines, weisses Pulver, das andere eine klare Flüssigkeit.

«Keine Lust auf Schokolade», brummte Engel und schloss den Kühlschrank wieder zu. Teuscher zeigte wortlos auf den Schreibtisch, wo ein gelbes Notizheft lag. Engel nickte. Dann hob er mit der Spitze des Kugelschreibers den gelben Heftdeckel an – und erstarrte.

Eine Stunde später waren der Kühlschrank und die verschiedenen Geräte hinausgeschafft und der Raum wurde vom zugezogenen «Fachberater für biologische Agenzien» als unbedenklich erklärt. Engel und seine Kollegen durften sich dem gelben Heft widmen, mit der gebotenen Sorgfalt, wie der Fachberater zuvor gemahnt hatte.

Mit kleiner Schrift waren die Seiten vollgekritzelt, ergänzt mit Skizzen und eingeklebten Abbildungen. Ein zutiefst schockierendes Dokument, eine Mischung aus persönlichem Tagebuch, Aktionsplan und Chronologie der Ereignisse seit Anfang 2004. Bereits beim ersten, raschen Durchblättern wurden die Polizisten schier erschlagen von der Fülle an Informationen und Eindrücken, und je weiter sie blätterten, desto offensichtlicher wurde, dass Alexander Sommer ein psychisch höchstgradig gestörter Mensch war. Aus der ganzen Vielfalt überraschender und schockierender Erkenntnisse stachen zwei ganz besonders in Engels Bewusstsein: Erstens hatte Sommer das Rizin zuerst an insgesamt drei Hunden ausprobiert, die er vor Einkaufszentren der Umgebung entführt hatte. Zweitens hörten die Einträge mit der Ermordung Robert Kramers nicht auf!

Ein neuer Name tauchte auf: Charlotte Berger. Als Engel den Namen las, war ihm sofort bewusst, dass er ihn vor kurzem schon einmal gesehen hatte: in den Dokumenten, die Annette Hasler ihm vorgelegt hatte.

«Das ist die Gynäkologin, die für die künstliche Befruchtung und die Auswahl des Spendersamens verantwortlich war», konstatierte Engel mit Entsetzen. Sie lasen weiter und stellten fest, dass Alexander Sommer die Ärztin seit Kramers Tod regelmässig beobachtet und richtiggehend ausspioniert hatte. Er war sogar in ihre Wohnung eingebrochen und hatte mehrere persönliche Gegenstände mitgehen lassen, die er im Heft fein säuberlich auflistete!

«Sie ist in Lebensgefahr!», war Engel überzeugt und befahl Teuscher, die Frau sofort und mit allen verfügbaren Mitteln suchen und auf den Kommandoposten bringen zu lassen.

Als Teuscher hinausging, um den Auftrag zu erledigen, las Engel weiter. Charlotte Berger sollte gekidnappt werden. Von einem manipulierten Lift war die Rede und Engel betrachtete technische Skizzen, die er nicht zu deuten wusste. Als er die Aufzeichnungen weiterstudierte, wurde er etwas ruhiger, denn an einer Stelle erwähnte Sommer den 2. Dezember – und der stand ja nicht unmittelbar bevor.

Eine Viertelstunde später kam Teuscher zurückgeeilt. «Wir können sie nicht finden», berichtete er ausser Atem.

Engel, der immer noch im gelben Heft las, schrak hoch. «Was soll das heissen?»

«Sie nimmt nicht ab. Weder zu Hause noch in der Praxis. Und unter der Handynummer kommt der Hinweis, dass der Teilnehmer im Moment nicht erreichbar sei.»

«Mist, verfluchter!» Engel knallte das Heft auf den Tisch und starrte an Teuscher vorbei ins Leere. «Und im Krankenhaus?», fragte er plötzlich. «Vielleicht hat sie eine Geburt oder ist am Operieren ...»

«Nein!», unterbrach ihn Teuscher, «eben nicht! Die haben sie auch schon verzweifelt gesucht. Eine ihrer Patientinnen ist am Gebären. Sie mussten notfallmässig eine Stellvertretung für Berger organisieren.»

«Und wie oft ist das schon passiert? Dass man sie gesucht und nicht erreicht hat?»

«Noch nie – sagt die Hebamme, mit der ich gesprochen habe. Und die kennt sie seit über zwanzig Jahren.»

Engel konnte förmlich fühlen, wie das Blut aus seinem Gesicht wich. «Der Bastard hat gemerkt, dass wir ihm auf den Fersen sind und hat seinen Plan geändert.» Er starrte auf das gelbe Heft.

«Okay, lass uns von hier abhauen.» Er drehte Teuscher um und stiess ihn vor sich her, bis sie den Mehrzweckraum verlassen hatten. «Wir müssen ihre Wohnung und die Praxisräumlichkeiten überprüfen. Vor allem die Lifte. Er hat irgendetwas mit einem Lift geplant.»

## 10

Während Sommer schlief – oder zumindest so tat –, zermarterte Charlotte Berger sich das Gehirn und suchte nach einem Ausweg. Sie war überzeugt, dass er sie umbringen wollte. Überwältigen konnte sie ihn nicht. Körperlich hatte sie ihm nichts entgegenzusetzen, er war jünger und kräftiger. Und das Gegenteil – ihn zu verführen – würde auch nicht funktionieren. Sarkastisch lächelnd dachte sie daran, mit welcher Deutlichkeit er ihr mitgeteilt hatte, dass er nicht beabsichtige, sie zu vergewaltigen. Es blieb nur eine Möglichkeit: Sie musste Zeit gewinnen und hoffen, dass jemand sie rechtzeitig befreien würde. Also hielt sie sich mäuschenstill, um ihn möglichst lange schlafen zu lassen.

Knappe zwei Stunden später rieb sich Alexander Sommer die Augen, stand auf und streckte seine Glieder. Er warf einen kurzen Blick auf die Uhr, dann griff er nach seiner Wasserflasche.

«Und? Wie fühlen Sie sich, Frau Doktor? Haben Sie sich ein paar Gedanken gemacht?»

«Ja. Ich denke, dass Sie im Grunde genommen das Recht haben, wütend zu sein – auch auf Robert Kramer und mich.»

«Wie grosszügig!»

«Ich meine es ernst. An Ihrer Stelle würde ich wahrscheinlich so empfinden wie Sie.»

Er schaute sie einen Moment lang skeptisch an, dann setzte er sich wieder in seine Ecke und machte eine ermunternde Handbewegung. «Sprechen Sie weiter. Es interessiert mich, was Sie denken.»

«Wie gesagt, ich muss Ihnen zustimmen. Viel mehr kann ich eigentlich nicht sagen.» Sie wollte auf keinen Fall an seiner Sicht der Dinge rütteln, ihn provozieren oder gar die Selbstkontrolle verlieren lassen.

«Das ist alles? Sie sind einfach so einverstanden mit dem, was ich gesagt habe?»

«Im Grossen und Ganzen: Ja. Aber es gäbe da ein paar Dinge, die mich interessieren würden.»

Er machte wieder die ermunternde Geste und begann, den am Boden verstreuten Inhalt ihrer Handtasche aufzusammeln.

«Wie haben Sie eigentlich herausgefunden, wer Ihr leiblicher Vater war?»

«Über das Eidgenössische Amt für das Zivilstandswesen. Ich bin im Internet auf das Fortpflanzungsmedizingesetz gestossen, das besagt, dass Kreaturen wie ich das Recht haben, die Identität ihres biologischen Vaters zu erfahren. Die Details dazu sind in der Fortpflanzungsmedizinverordnung festgehalten – und es hat geklappt. Aber eigentlich müssten Sie ja wissen, wie das Ganze funktioniert.»

«Und wie hat der Mann, also dieser Kramer, wie hat er reagiert?»

«Die vom Amt mussten ihn benachrichtigen und ihm mitteilen, dass da gewissermassen ein ungebetener Gast an seine Tür klopft. Und der kam ihm offenbar sehr ungelegen. Er hat der Behörde mitgeteilt, dass er den persönlichen Kontakt zu mir ablehne. Aber ich habe auf mein Recht beharrt, bin vom Amt vorgeladen worden und die haben mir seine Personalien in die Hand gedrückt.»

«Und Sie haben sich dann doch getroffen?»

«Ja. Zuerst habe ich versucht, ihn telefonisch zu kontaktieren, aber er hat jedes Mal sofort den Hörer aufgehängt. Dann habe ich ihm geschrieben und ihm mitgeteilt, dass ich ihn zu Hause aufsuchen werde, falls er nicht bereit sei, sich mit mir zu treffen. Und siehe da, plötzlich klappte es doch. Es war eine Begegnung der besonderen Art, wie Sie sich sicher vorstellen können. Er wolle nichts mit mir zu tun haben, er habe die Samenspenden seinerzeit nur wegen des Geldes gemacht, was ich Ihnen ja schon erzählt habe. Er habe eine intakte Familie und die dürfe ich durch mein Auftauchen nicht gefährden. Nett, nicht wahr?»

«Dann haben Sie beschlossen, ihn umzubringen?»

«Nein. Das war schon von Anfang an klar. Aber ich hätte trotzdem gerne ein wenig mehr von ihm und über ihn erfahren … doch er war dermassen abweisend …»

«Und wie haben Sie ihn … ich meine …»

«Er war ein angefressener Musiker, so viel hatte ich herausgefunden. Vor einem Konzert habe ich das Mundstück seiner Klarinette mit Rizin bestrichen, das ging einfach und schnell – jedenfalls für mich. Für ihn war es ein wenig beschwerlicher.»

«So», sagte er schliesslich nach einem Blick auf die Uhr. «Genug geplaudert. Ich denke, es ist langsam Zeit, unser gemütliches Lagerleben zu beenden.»

Charlotte Bergers Magen krampfte sich zusammen. «Jetzt passiert's», dachte sie und war fest entschlossen, sich nach Leibeskräften zu wehren. «Jetzt werden Sie mich sicher auch …»

«Habe ich das gesagt?», unterbrach er sie unwirsch. «Ich muss pinkeln und habe keine Lust, mir in die Hose zu machen … ich kenne das Gefühl zur Genüge. Also, machen Sie vorwärts!»

Irritiert stand Charlotte Berger auf und begann hastig ihre verschmutzte und zerknitterte Kleidung zu richten. Sie rieb sich das Gesicht und fuhr sich mit den Fingern durch die verschwitzten Haare. Die dunkelgrüne Kostümjacke legte sie sich über den Arm. So stand sie Sommer gegenüber, der sie von oben bis unten musterte.

«So können Sie aber nicht unter die Leute, Frau Doktor», sagte er mit tadelndem Blick. «Wollen Sie sich nicht ein wenig zurechtmachen?» Er gab ihr die Handtasche zurück. «Die Menschen erschrecken ja, wenn Sie ihnen so über den Weg laufen!»

Charlotte Bergers Verwirrung war vollkommen. Ungläubig schaute sie dem Mann ins Gesicht, der sie die ganze Nacht gequält, gedemütigt und zu Tode geängstigt hatte. Derselbe Mann war nun auf fast rührende Weise um ihr Äusseres besorgt.

«Sie meinen, ich soll mich … aber Sie haben doch gesagt, ich müsse vorwärtsmachen …»

«Nur zu!», ermunterte er sie mit einem Lächeln. «So viel Zeit muss sein.»

Aufgeregt kramte sie in ihrer Tasche nach den nötigen Utensilien, um sich zu verschönern. Zuerst versuchte sie sich zu kämmen: ein sinnloses Unterfangen beim Zustand ihrer Haare, wie sich rasch herausstellte. Verlegen lächelnd liess sie den Kamm wieder in der Tasche verschwinden. Danach probierte sie mit zittriger Hand Lidschatten und Wimperntusche aufzutragen, was auch nicht recht gelingen wollte. Es folgte reichlich Make-up, ein kräftigroter Lippenstift, unexakt und weit über die Lippenränder hinaus aufgetragen, und am Schluss ein Spritzer Parfum hinter jedes Ohr.

«Fertig!», verkündete sie mit einem säuerlichen Lächeln, wissend, dass Sie ein erbärmliches Bild bot und trotz des Parfums fürchterlich stank.

«Viel besser!», schmeichelte Sommer und hob anerkennend den Daumen. «Dann wollen wir mal!»

Sekunden später hielt der Lift im Erdgeschoss und die Türe öffnete sich. Die hereinströmende frische Luft hätte bei Charlotte Berger beinahe einen Weinkrampf ausgelöst, aber sie riss sich zusammen und taumelte auf ihren Stöckelschuhen unverzüglich dem Ausgang entgegen, dicht gefolgt von Sommer. Sie wollte gerade die gläserne Eingangstür aufreissen, um sich ins Freie zu stürzen, als Sommer sie mit festem Griff an der Schulter packte und zurückhielt. «Stopp!», sagte er leise.

Auf dem Platz vor der Tür standen drei Streifenwagen, dazwischen mehrere Polizeibeamte. Ein Scheinwerfer wurde eingeschaltet und auf die Türe gerichtet. Ganze zwei Minuten verharrten sie so, dann drehte Sommer Charlotte Berger zu sich um.

«Bitte, lassen Sie mich gehen», flehte sie mit bebender Stimme.

Er musterte sie eindringlich und schien angestrengt nachzudenken. Zwischendurch schaute er immer wieder nach draussen zu den Polizisten.

«Ich möchte, dass wir uns zum Abschied küssen», sagte er plötzlich.

Sie erschrak und wollte zurückweichen, aber er liess sie nicht los.

«Stellen Sie sich nicht so an! Nach einer gemeinsam verbrachten Nacht!»

«Sie küssen?»

«Ja. Danach lasse ich Sie gehen.» Ohne weitere Worte nahm er ihren Kopf zwischen die Hände und hielt ihn mit eisernem Griff fest. Dann küsste er sie lange und fest auf ihre krampfhaft zusammengepressten Lippen.

«Jetzt sind Sie voll Lippenstift», stellte Charlotte Berger mit gequältem Lächeln fest, als Sommer sich endlich von ihr löste.

«Ich weiss», sagte er resigniert und schaute sie mit wässrigen Augen an. «‹Luminelle› von Yves Rocher … orientrot … Ich fürchte, er wird bald anfangen, ganz schrecklich zu brennen!»

# Die Kriminalromane von Paulus Hochgatterer im dtv

»Spätestens jetzt sollte man Paulus Hochgatterer lesen.«
*Felicitas von Lovenberg in der FAZ*

**Die Süße des Lebens**
Kriminalroman

ISBN 978-3-423-**21094**-2
ISBN 978-3-423-**25310**-9
(dtv großdruck)

Kommissar Ludwig Kovacs und der Psychologe Dr. Raffael Horn stehen vor einem Rätsel: Kennt die siebenjährige Katharina den Mörder ihres Großvaters?

**Ausgezeichnet mit dem Deutschen Krimipreis 2007.**

**Das Matratzenhaus**
Kriminalroman

ISBN 978-3-423-**21335**-6

Eine rätselhafte Serie von Kindesmisshandlungen versetzt die Bewohner von Furth in Unruhe. Kommissar Kovacs und Psychiater Dr. Horn geraten bei den Ermittlungen schnell an die Grenzen der eigenen Belastbarkeit …

Bitte besuchen Sie uns im Internet: www.dtv.de